Prinz Eisenherz

von

Hal Foster

Prinz Eisenherz

UND DIE GOLDENE PRINZESSIN

von

HAROLD FOSTER

Melzer

Printed in Germany / Gesamtherstellung: Mohndruck Graphische Betriebe GmbH, Gütersloh
ISBN: 3-8201-0074-1

Prinz Eisenherz
von HAROLD FOSTER
DIE HERRSCHENDEN DES INNENLANDES HABEN MÄNNER AUSGESCHICKT, UM PRINZ EISENHERZ GEFANGEN ZU NEHMEN.
VOM NAHEN WALD AUS BEOBACHTEN SIE DIE BURG UND WARTEN AUF EINE GELEGENHEIT.
„SATTLE DIE PFERDE UND HOL DIE FISCH-SPEERE, BERIC!" RUFT EISENHERZ EINES MORGENS.
DIE BEOBACHTER SEHEN EISENHERZ UND SEINEN KNAPPEN FLUSSAUFWÄRTS REITEN, UND BEREITEN IHREN SCHLAG VOR.
„BITTE HELFT MIR," SAGT EINE ALTE FRAU, „ICH HABE MEIN FUSSGELENK VERSTAUCHT!"
„BITTE BRINGT MICH NACH HAUSE, JUNGER HERR! ICH WOHNE NICHT WEIT VON HIER."
DER PRINZ LÄSST BERIC ZU FUSS WEITERGEHEN UND HILFT IHR AUF DES KNAPPEN PFERD.
„DIES IST MEIN BESCHEIDENES ZUHAUSE, JUNGER HERR!" SAGT DIE WEISSHAARIGE, ALTE DAME. „BITTE KOMMT HEREIN UND ERFRISCHT EUCH MIT EINEM GLAS WEIN!"
DIE "ALTE DAME" NIMMT DIE PERÜCKE AB UND BEVOR EISENHERZ SICH GEFASST HAT, HAT MAN IHN GEFESSELT UND GEKNEBELT.
HAL FOSTER
AMURATH
THAGNAR
LAUNCELOT
SIR GAWAIN
PRINCE VALIANT
KING ARTHUR
QUEEN GUINEVERE
WISE MERLIN
MORGAN LE FEY
RAMUD

Prinz Eisenherz
von HAROLD FOSTER
PRINZ EISENHERZ SCHWANT UNHEIL.
NOCH AHNT DER PRINZ NICHT, WAS IHN ERWARTET.
DEN GANZEN TAG WARTET BERIC AUF SEINEN HERRN. MISSMUTIG MACHT DER REITER SICH ZU FUSS AUF DEN HEIMWEG.
AM MORGEN FINDET MAN EISENHERZ' PFERD AM TOR. BERIC IST ALARMIERT.
MIT ZWEI WACHEN FOLGT BERIC DEM PFAD. IN DER HÜTTE FINDEN SIE TRÜMMER UND AUSGESCHLAGENE ZÄHNE, DIE DARAUF HINDEUTEN, DASS EISENHERZ SICH NICHT LEICHT GEFANGEN NEHMEN LIESS.
SIE FOLGEN DEN PFERDESPUREN, DIE SÜDWÄRTS FÜHREN.
AN DER GRENZE ENTSCHULDIGEN SICH "JÄGER" DES INNENLANDES, DASS SIE AUS VERSEHEN DIE GRENZE ÜBERSCHRITTEN HABEN.
SIE "VERGESSEN" IHR OPFER ZU ERWÄHNEN, DAS BRUTAL GEFESSELT UND GEKNEBELT IST.
"WELCH ÜBERRASCHUNG! DER GROSSE PRINZ EISENHERZ BESUCHT DAS INNENLAND! DU BIST SEHR WILLKOMMEN! IN UNSEREM KERKER SOLLST DU GUT UNTERHALTEN WERDEN, BIS DEIN VATER EIN LÖSEGELD FÜR DAS ENTRICHTET, WAS DANN NOCH VON DIR ÜBRIG IST!"
HAL FOSTER
AMURATH
THAGNAR
LAUNCELOT
SIR GAWAIN
PRINCE VALIANT
KING ARTHUR
QUEEN GUINEVERE
WISE MERLIN
MORGAN LE FEY
RAMUD

Prinz Eisenherz
von HAROLD FOSTER
BERIC UND ZWEI BURGWACHEN VERFOLGEN DIE SPUREN, DIE VON DER HÜTTE ZUR GRENZE FÜHREN.
DIE GRENZPOSTEN BERICHTEN IHNEN VON DER JAGDGESELLSCHAFT.
1
PRINZ EISENHERZ IST IN DIE HÄNDE GNADENLOSER FEINDE GERATEN.
2
„VEREHRTER BESUCHER", SAGT EINAR, DER ROTE, SEIN "GASTGEBER". „WIR WERDEN ALLES TUN, UM DICH GUT ZU UNTERHALTEN. WIR HABEN SOGAR EINEN KÜNSTLER HIER, DER EIN BILD FÜR DEINEN VATER ANFERTIGT. WIR HOFFEN FÜR DICH, DASS DAS LÖSEGELD NICHT ZU SPÄT EINTRIFFT!"
3
LANGSAM VERGEHEN DIE QUALVOLLEN STUNDEN. ER VERLIERT JEDES ZEITGEFÜHL. ZUR MARTER KOMMT NOCH BRENNENDER DURST.
4
„DU STÖHNST HERVORRAGEND," SAGT EINE STIMME. EISENHERZ ERKENNT EINAR, DEN ROTEN. „ICH DACHTE, DU HAST DURST, SO BRINGE ICH DIR WASSER. BEDIENE DICH!" ER VERLÄSST DEN KERKER... DURCH EINEN GEHEIMGANG!
Copr. 1944, King Features Syndicate, Inc., World rights reserved
HAL FOSTER
AUS EINER DUNKLEN ECKE HUSCHT EINE KLEINE KREATUR, DIE NIEMANDES FREUND IST.
371 3-19-44
ANURATH
THAGNAR
LAUNCELOT
SIR GAWAIN
PRINCE VALIANT
KING ARTHUR
QUEEN GUINEVERE
WISE MERLIN
MORGAN LE FEY
RAMUD

Prinz Eisenherz von HAROLD FOSTER
NICHT, DASS DIE RATTE VORHATTE, JEMANDEM ZU HELFEN.....
...ABER DAS BLUTDURCHTRÄNKTE LEDER SCHMECKT GUT.
ALS EISENHERZ SEINE FÜSSE BEWEGEN KANN, SCHÖPFT ER HOFFNUNG. VERZWEIFELT VERSUCHT ER SIE ÜBER DEN RAHMEN ZU BEKOMMEN.
ENDLICH HAT ER ERFOLG! ER SETZT SEINE ARBEIT MIT DEN ZÄHNEN FORT.
AUF DEM BODEN ANGELANGT, FRAGT ER SICH, OB SEINE GESCHWOLLENEN HÄNDE JEMALS WIEDER EIN SCHWERT HALTEN KÖNNEN.
ÜBER EINEM HOLZKOHLENFEUER ENTDECKT ER EINEN KESSEL MIT WARMEM ÖL. ER MASSIERT SEINE HÄNDE IM ÖL UND FÜHLT DEN SCHMERZ ABKLINGEN UND LEBEN ZURÜCKKEHREN.
ER SUCHT DIE GEHEIMTÜR, DURCH DIE EINAR ENTKAM.
OHNE ERFOLG! BALD WERDEN DIE FOLTERKNECHTE WIEDER ERSCHEINEN.
372 3-26-44
LACHENDE STIMMEN AUF DER TREPPE. EINE VERZWEIFELTE LETZTE CHANCE!
HAL FOSTER
DIE TÜR ÖFFNET SICH; EISENHERZ HOFFT, DASS EINAR ZUERST EINTRITT.
AMURATH
THAGNAR
LAUNCELOT
SIR GAWAIN
PRINCE VALIANT
KING ARTHUR
QUEEN GUINEVERE
WISE MERLIN
MORGAN LE FEY
RAMUD

Prinz Eisenherz
LACHEND BETRETEN SIE DEN RAUM.
ERST DER FOLTERKNECHT, DANN EINAR ... EISENHERZ TRITT DIE TÜR ZU UND LÄSST DEN SCHWEREN BALKEN DRAUFFALLEN.
DER FOLTERKNECHT IST ÜBERRASCHT... NUN ER HATTE SOWIESO SCHON ZU LANGE GELEBT.
„DEINE GEMARTERTEN HÄNDE KÖNNEN KEIN SCHWERT HALTEN!" MEINT EINAR UND ZIEHT SEINES. „DAS WIRST DU DOPPELT BÜSSEN!"
„WIE KOMMT'S?" MURMELT EISENHERZ, „DASS BRUTALITÄT UND DUMMHEIT IMMER HAND IN HAND GEHEN?"
„WO IST DIE GEHEIMTÜR?" FRAGT DER PRINZ. „SAG ES MIR!" „NIEMALS!" KOMMT DIE ANTWORT.
DIE TÜR ZERSPLITTERT UND EINAR'S HAARE GEHEN IN FLAMMEN AUF. WER GIBT ALS ERSTER NACH?
EISENHERZ HÄLT SICH DIE EINDRINGLINGE VOM LEIB, WÄHREND EINAR'S KOPFHAUT ZU SCHMOREN BEGINNT.
373 4-2-44
„ICH REDE!" SCHREIT EINAR. „WIR HABEN VIEL ZEIT," SAGT DER PRINZ RUHIG.
HAL FOSTER
AMURATH
THAGNAR
LAUNCELOT
SIR GAWAIN
PRINCE VALIANT
KING ARTHUR
QUEEN GUINEVERE
WISE MERLIN
MORGAN LE FEY
RAMUD

Prinz Eisenherz
SCHLIESSLICH LÄSST ER ES SICH ERKLÄREN.
WÄHREND EINAR SCHREIT UND DIE TÜR NOCH WIDERSTEHT, FINDET EISENHERZ DIE GEHEIMTÜR UND VERLÄSST DIE FOLTERKAMMER.
ER TAUCHT HINTER EINEM VORHANG AUF. ALLE GÄNGE SIND VERLASSEN, DIE LEUTE DRÄNGELN SICH IN DEM KERKER.
DER PRINZ BEFESTIGT DIE KETTE AN EINEM RING ÜBER DER ZUGBRÜCKE.
ETWAS SPÄTER WIRD ER ENTDECKT, SPRINGT AUF DIE FÜSSE UND VON DER MAUER HERAB.
EISENHERZ IST KEIN NARR. SEHR LEICHT HÄTTE ER INS LAND FLIEHEN KÖNNEN. ABER DER FEIND HÄTTE IHN SCHNELL WIEDER GEHABT.
DIE ZUGBRÜCKE WIRD HERUNTERGELASSEN UND EISENHERZ' VERSTECK IST PERFEKT!
374 4-9-44
BERIC BEFINDET SICH NOCH UNENTSCHLOSSEN AN DER GRENZE, ALS EIN BOTE MIT EINER NACHRICHT FÜR DEN KÖNIG VON THULE AUFTAUCHT.
HAL FOSTER
BERIC ENTSCHLIESST SICH ETWAS ZU TUN, WAS IHN DEN KOPF KOSTEN KÖNNTE ... ER ÖFFNET DIE BOTSCHAFT! ER KANN NICHT LESEN, ABER DAS BILD DES GEQUÄLTEN PRINZEN KLÄRT IHN AUF.
„BRING DIE BOTSCHAFT DEM KÖNIG UND RUFE DIE WACHMANNSCHAFT, WIR WERDEN DEN BOTEN VERFOLGEN!"
AMURATH
THAGNAR
LAUNCELOT
SIR GAWAIN
PRINCE VALIANT
KING ARTHUR
QUEEN GUINEVERE
WISE MERLIN
MORGAN LE FEY
RAMUD

Prinz Eisenherz
„BERICHTE DEM KÖNIG, DASS DER PRINZ IN EINAR'S FESTUNG GEFANGEN GEHALTEN WIRD!"
AGUAR LIEST DEN LÖSEGELDBRIEF UND SIEHT LANGE AUF DAS BILD SEINES GEQUÄLTEN SOHNES. ER WIRD KEIN LÖSEGELD ZAHLEN. ER SCHWÖRT EINEN SCHRECKLICHEN EID.
EINAR UND SEINE KUMPANE SUCHEN EISENHERZ VERGEBLICH. „WAHRSCHEINLICH IST ER IM BURGGRABEN ERTRUNKEN," SCHLIESSEN SIE DARAUS.
DER BOTE KEHRT ZURÜCK: „ICH MUSSTE NICHT NACH THULE HINEIN," BERICHTET ER. „EIN KURIER WURDE VON DER GRENZE ZU KÖNIG AGUAR GESCHICKT. SO KANN ER NICHT WISSEN, WO SEIN SOHN IST!"
„DORT! KÖNIG AGUAR! WIR SIND UMZINGELT!"
DEN KÖNIG VON THULE INTERESSIERT BESONDERS DAS TOR DER FESTUNG...
„HALLO, VATER!" SAGT EISENHERZ UND WINKT IHM FRÖHLICH AUS DEM GEBÄLK ZU.
375 4-16-44
UNTER DEM SCHUTZ EINES PFEILHAGELS, DURCHSCHWIMMT DER PRINZ DEN BURGGRABEN.
HAL FOSTER
HAL FOSTER
EISENHERZ FÜHRT SEINEN VATER SPÄTER AUF EINEN HÜGEL: „WAS MEINST DU, WELCHE WIRKUNG EIN STAUDAMM HIER HÄTTE?"
AMURATH
THAGNAR
LAUNCELOT
SIR GAWAIN
PRINCE VALIANT
KING ARTHUR
QUEEN GUINEVERE
WISE MERLIN
MORGAN LE FEY
RAMUD

Prinz Eisenherz
von HAROLD FOSTER
DER KONIG ENTSCHLIESST SICH, DEM RATE SEINES SOHNES ZU FOLGEN.
AUSSER SICHTWEITE DER BURG BEGINNT MAN MIT DER ARBEIT.
„WIR SIND HIER SICHER!" BRÜSTET SICH EINAR. „WIR HALTEN ES MONATELANG AUS!" ABER SIE WUNDERN SICH ÜBER DIE VIELEN VORBEISCHWIMMENDEN ÄSTE.
DAS DICKICHT WIRD VOM DAMM AUFGEHALTEN.
EINES MORGENS IST DIE GROSSE HALLE MIT WASSER GEFÜLLT!
370 4-23-44
DIE BURG IST JETZT MITTELPUNKT EINES SCHNELL STEIGENDEN SEES. DIE NAHRUNGSMITTEL SIND ZEHN FUSS UNTER WASSER.
HAL FOSTER
NACH EINER WOCHE HUNGERNS FRAGT MAN NACH DEN BEDINGUNGEN.
Prinz Eisenherz
von HAROLD FOSTER
„IN EINIGEN TAGEN WERDEN SIE ZU SCHWACH ZUM KÄMPFEN SEIN," SAGT EISENHERZ DEM VATER, „LASS UNS NACH HAUSE REITEN!"
DER PRINZ GEHT EINEM GUTEN KAMPF NICHT AUS DEM WEG. ABER DAS ENDE DER BELAGERUNG WIRD EINES KÖNIGS UND PRINZEN NICHT WERT SEIN.
NACH EINER WEITEREN WOCHE REISSEN THULE'S MÄNNER DEN DAMM EIN.
AMURATH
THAGNAR
LAUNCELOT
SIR GAWAIN
PRINCE VALIANT
KING ARTHUR
QUEEN GUINEVERE
WISE MERLIN
MORGAN LE FEY
RAMUD

MIT EINEM RAMMBOCK ZERSCHMETTERN SIE AM MORGEN DAS TOR UND DRINGEN EIN.
VIEL GIBT ES FÜR DIE MÄNNER THULE'S NICHT ZU TUN. SIE TREFFEN KAUM AUF NENNENSWERTEN WIDERSTAND. DANN HAT DAS INNENLAND NACH SEINEM KÖNIG AUCH DIE FÜHRER VERLOREN.
HAL FOSTER
377 4-30-44
Prinz Eisenherz
von HAROLD FOSTER
KÖNIG AGUAR UND DER PRINZ REITEN DEN TRUPPEN VORAUS. DIE LETZTE MEILE LEGEN SIE IM WETTREITEN ZURÜCK.
AM MORGEN DES NÄCHSTEN TAGES BEREITET MAN SICH AUF EIN GROSSES EREIGNIS VOR.
THULE'S WINTER SIND LANG UND NAHRUNG IST KNAPP. WENN DIE LAICHZEIT DER LACHSE KOMMT, NEHMEN ALLE, VOM PRINZ BIS ZUM LEIBEIGENEN AN DER "ERNTE" TEIL.
DIE VON DEN MÄNNERN IM FLUSS GEFANGENEN LACHSE, WERDEN AM UFER SOFORT VON FRAUEN GETROCKNET ODER GERÄUCHERT. EIN BOTE KOMMT UND BRINGT DIE NACHRICHT VOM FALL DER FESTUNG UND DER GEFANGENNAHME EINAR'S, DES ROTEN. „HÄNGT IHN AUF," RUFT EISENHERZ UND FISCHT WEITER. SIE TUN'S.
378 5-7-44
HAL FOSTER
EISENHERZ LIEBTE SCHON IMMER DIE MANNIGFALTIGEN GERÜCHE IN DEN VORRATSKAMMERN UND FREUT SICH ÜBER DIE REICHE BEUTE.
AMURATH
THAGNAR
LAUNCELOT
SIR GAWAIN
PRINCE VALIANT
KING ARTHUR
QUEEN GUINEVERE
WISE MERLIN
MORGAN LE FEY
RAMUD

Prinz Eisenherz
EISENHERZ HAT VIEL ZEIT FÜR DIE MÄDCHEN, ABER KEINE INTERESSIERT IHN ERNSTHAFT.
„MEIN SOHN," SAGT DER KÖNIG EINES TAGES, „UNSER KÖNIGLICHES BLUT LEGT UNS VIELE VERPFLICHTUNGEN AUF. DU WIRST NACH MIR REGIEREN UND FÜR EINEN NACHFOLGER SORGEN MÜSSEN!"
„SUCHE DIR EINE HÜBSCHE PRINZESSIN AUS UND BEREITE DICH AUF DEINE BESTIMMUNG VOR." „VATER," ANTWORTET DER PRINZ ERNSTHAFT, „ES WÄRE NICHT FAIR, WENN ICH JETZT HEIRATE!"
„AUF EINER MEINER REISEN BEGEGNETE ICH ALETA, DER KÖNIGIN DER NEBELINSELN. IHR GLÄNZENDES HAAR UND IHRE GRAUEN AUGEN VERFOLGEN MICH, SEIT ICH SIE SAH!"
„ICH BIN VERHEXT. ICH HASSE SIE WEGEN IHRER GRAUSAMKEIT UND DOCH KANN ICH SIE NICHT VERGESSEN! SCHON DIE TRÄUME ERFÜLLEN MICH MIT VERLANGEN!" DER WEISE KÖNIG KENNT DIESE ZEICHEN. LÄCHELND SAGT ER-
379 5-14-44
HAL FOSTER
„ANGST UND GEFAHREN SOLL MAN SICH STELLEN. FAHRE ZU DEN NEBELINSELN UND VERLANGE VON DER SCHÖNEN KÖNIGIN, DICH VON DEM ZAUBER ZU BEFREIEN!"
EISENHERZ MACHT SICH AUF DIE SUCHE NACH ALETA UND HINTERLÄSST SEINEM VATER VIELE GÄSTE MIT GEBROCHENEN HERZEN.
PRINZ EISENHERZ UND BERIC BRINGEN PFERDE UND AUSRÜSTUNG AUF EINEM DRACHENSCHIFF UNTER....
...UND EIN STARKER NORD-OST-WIND BRINGT SIE NACH BRITANNIEN, IHREM ERSTEN REISEZIEL.
AMURATH
THAGNAR
LAUNCELOT
SIR GAWAIN
PRINCE VALIANT
KING ARTHUR
QUEEN GUINEVERE
WISE MERLIN
MORGAN LE FEY
RAMUD

Prinz Eisenherz
CAMELOT! VON DER WINCHESTER-HEIDE AUS, SEHEN SIE DIE TÜRME IN DEN HIMMEL RAGEN.
380 5-21-44
DER PRINZ HAT SICH GERADE BEI KÖNIG ARTHUR GEMELDET, ALS EIN RUF ERTÖNT: „EISENHERZ!" UND .....
HAL FOSTER
... GAWAIN UND EISENHERZ LANDEN AUF DEM POLIERTEN BODEN. „VORBEI IST'S MIT RUHE UND FRIEDEN!" MURMELT DER KÖNIG IN SEINEN BART.
„ICH FAHRE ZU DEN FERNEN NEBEL-INSELN, UM EINE HEXE ZU ZWINGEN, EINEN BÖSEN FLUCH VON MIR ZU NEHMEN!"
„ERINNERST DU DICH AN DIE LUSTIGEN ABENTEUER, DIE WIR MIT TRISTAN ERLEBTEN?" FRAGT GAWAIN. „WIR SUCHEN IHN, UND MACHEN UNS ZUSAMMEN AUF DIE REISE!"
UNTERWEGS BEGEGNEN SIE SIR BLAMOR. „TRISTAN?" SAGT ER, „GESTERN NOCH TRAF ICH IHN. ER WAR AUF DEM WEG ZU ISOLDE, KÖNIG MARK'S GEMAHLIN."
„OH, DIESER NARR!" RUFT GAWAIN. „WARUM VERLIERT ER SEIN HERZ AN DIE FRAU EINES KÖNIGS? WIR MÜSSEN UNS BEEILEN, SONST PASSIERT ETWAS TRAGISCHES!"
381 5-28-44
HAL FOSTER
TINTAGEL, KÖNIG MARK'S DÜSTERE BURG LIEGT AN DER RAUHEN KÜSTE CORNWALLS. KEIN PLATZ FÜR EINE ROMANZE, EHER FÜR EINE TRAGÖDIE. MAN HAT WÄCHTER AUFGESTELLT, UM BESUCHERN DEN HUT ZU NEHMEN.
AMURATH
THAGNAR
LAUNCELOT
SIR GAWAIN
PRINCE VALIANT
KING ARTHUR
QUEEN GUINEVERE
WISE MERLIN
MORGAN LE FEY
RAMUD

Prinz Eisenherz
TRISTAN IST VOR IHNEN EINGETROFFEN, SIE ERKENNEN SEIN PFERD. AUCH KÖNIG MARK IST GERADE EINGETROFFEN: NOCH DAMPFENDE PFERDE WERDEN IN DEN STALL GEFÜHRT.
„DIES IST NICHT DIE FEINE ART EINE BURG ZU BETRETEN. FALLS ALLES IN ORDNUNG IST, GIBT ES ÄRGER!"
VORSICHTIG MACHEN SIE SICH AUF DIE SUCHE NACH TRISTAN.
TRISTAN WAR VOR LANGER ZEIT DAS SCHLOSS VERBOTEN WORDEN, ABER IMMER WIEDER ZIEHT ES IHN ZU ISOLDE, SEINER GELIEBTEN.
DIE LIPPEN ISOLDE'S SAGEN: „GEH, TRISTAN, GEH!" ABER IHR HERZ FLÜSTERT: „VERLASS MICH NIE, MEIN GELIEBTER!"
382 6-4-44
HAL FOSTER
HASS SPRÜHT AUS DEN KLEINEN AUGEN KÖNIG MARK'S. ER BEOBACHTET EINE LIEBE, DIE ER NIE KANNTE.
EIN EINZIGES GEMÜTLICHES ZIMMER ENTDECKEN EISENHERZ UND GAWAIN IN DER ZUGIGEN BURG. DORT.....
...SINGT TRISTAN EIN LIED FÜR SEINE SCHÖNE GELIEBTE. AUCH KÖNIG MARK HAT SIE ENTDECKT! EISENHERZ STÖSST EINEN WARNSCHREI AUS... ZU SPÄT!
AMURATH
THAGNAR
LAUNCELOT
SIR GAWAIN
PRINCE VALIANT
KING ARTHUR
QUEEN GUINEVERE
WISE MERLIN
MORGAN LE FEY
RAMUD

Prinz Eisenherz
ISOLDE IST VOR SCHMERZ UNFÄHIG ZU WEINEN.
383 6-11-44
HAL FOSTER
EISENHERZ UND GAWAIN BESTEIGEN DIE PFERDE, VERLASSEN DEN TRAGISCHEN ORT, UND FLIEHEN VOR DER RACHE EINES KÖNIGS.
MARK HÖRT DAS "SINGENDE SCHWERT" AUS DER SCHEIDE FAHREN. EINE TÜR SCHLÄGT ZU UND EIN RIEGEL WIRD VORGESCHOBEN.
SIE KEHREN NACH CAMELOT ZURÜCK.
DAS GANZE SCHLOSS TRAUERT UM DEN GALANTEN RITTER.
ALS DER PRINZ UND GAWAIN KÖNIG ARTHUR VON IHREM VORHABEN ERZÄHLEN, BITTET ER SIE, NOCH ETWAS ZU BLEIBEN.
WIE IMMER, WENN GAWAIN UND EISENHERZ ZUSAMMEN SIND, PASSIEREN MERKWÜRDIGE SACHEN.....
GROSSE HEITERKEIT HERRSCHT, WENN UNTERWÄSCHE AN DEN FAHNENSTANGEN FLATTERT.
DREI DUELLE SIND DER WOCHENDURCHSCHNITT DER BEIDEN, DIE VERWUNDETENZAHL STEIGT. „WAHRSCHEINLICH IST ES BESSER, IHR TRETET DIE REISE AN!" MEINT DER KÖNIG.
384 6-18-44
HAL FOSTER
ER STELLT IHNEN FÜR DIE KANALÜBERQUERUNG EIN SCHIFF ZUR VERFÜGUNG.
AMURATH
THAGNAR
LAUNCELOT
SIR GAWAIN
PRINCE VALIANT
KING ARTHUR
QUEEN GUINEVERE
WISE MERLIN
MORGAN LE FEY
RAMUD

Prinz Eisenherz
EISENHERZ, GAWAIN UND IHRE ZWEI KNAPPEN DURCHQUEREN GALLIEN. SIE FOLGEN DER URALTEN ROUTE DURCH DIE SEINE- UND LOIRE-TÄLER, DANN SÜDWÄRTS DIE RHONE ENTLANG. BRENNENDE DÖRFER VERKÜNDEN KRIEG.
SO ZIEHEN SIE DIE DUNKLEN WÄLDER DEN ANSIEDLUNGEN VOR.
IN EINER BURG BERICHTET DER GASTGEBER, DASS DIE GOTEN AM RHEIN ENTLANG PLÜNDERND UND MORDEND NACH ROM ZIEHEN.
DANN TREFFEN SIE EINES TAGES AUF EIN GERMANEN-LAGER.
385 6-25-44
AUF EINER SEITE DIE KRIEGERISCHEN BARBAREN, AUF DER ANDEREN EINE FELSWAND. (NATÜRLICH DENKT KEINER AN RÜCKKEHR!)
BEVOR DIE GERMANEN SICH BEWAFFNEN KÖNNEN, GREIFEN DIE RITTER AN.....
...UND SCHLAGEN SICH DURCH.
„SIR GAWAIN IST GEFALLEN!" RUFT HUGH, DER KNAPPE, UND EILT ZURÜCK.
AMURATH
THAGNAR
LAUNCELOT
SIR GAWAIN
PRINCE VALIANT
KING ARTHUR
QUEEN GUINEVERE
WISE MERLIN
MORGAN LE FEY
RAMUD

Prinz Eisenherz
ABER GAWAIN IST AUF DEN FÜSSEN. SEIN SCHWERT BLITZT WIE EIN WIND-MÜHLENFLÜGEL IN DER SONNE.
386 7-2-44
SIE BAHNEN SICH EINEN BLUTIGEN WEG DURCH DIE SCHREIENDEN GOTEN, UND GAWAIN IST GE-RETTET. NUR SIND SIE WIEDER AM AUSGANGS-PUNKT! „NUR EIN TRICK ODER WUNDER KANN UNS NOCH RETTEN!" SAGT EISENHERZ UND SCHAUT SICH UM.
ER SIEHT IN DER FERNE METALL IM SONNENLICHT AUFBLITZEN.
ER STELLT SICH AUF, WINKT MIT DEM SCHILD UND RUFT: „BEEILT EUCH FREUNDE!"
DIE GOTEN DREHEN SICH UM UND SEHEN EINEN TRUPP REITER ÜBER DEN HÜGEL KOMMEN.
IN DIESEM MOMENT DURCHBRECHEN DREI KRIEGSPFERDE DIE LINIE. „ES WAREN NOCH MEHR GOTEN!" LACHT EISENHERZ.
„WAS IST MIT DIR, HUGH?" FRAGT GAWAIN, ABER HUGH ANTWORTET NICHT. ER RETTETE DAS LEBEN SEINES HERRN - UND STARB.
387 7-9-44
EIN HÜGEL STEINE MARKIERT DEN ORT, AN DEM HUGH'S JAGD NACH DER RITTERSCHAFT ENDETE.
AMURATH
THAGNAR
LAUNCELOT
SIR GAWAIN
PRINCE VALIANT
KING ARTHUR
QUEEN GUINEVERE
WISE MERLIN
MORGAN LE FEY
RAMUD

Prinz Eisenherz
„HEUTE NACHT SCHLAFEN WIR WIEDER UNTER EINEM DACH! ENDLICH WIEDER UNTER MENSCHEN!" „UND WAS SIND WIR?" FRAGT EISENHERZ.
ALS SIE SICH DER BURG NÄHERN, SEHEN SIE EIN MÄDCHEN AN EINEM DER FENSTER. GAWAIN SCHÜTTELT SEINE LOCKEN UND WINKT.
GRAUSAME HÄNDE ERGREIFEN DAS MÄDCHEN UND ZERREN ES VOM FENSTER.
„NIEMAND BEHANDELT SO EINE DAME, WENN ICH IN DER NÄHE BIN!" SCHREIT GAWAIN, RENNT ZWEI WACHEN ÜBER DEN HAUFEN, UND SPRINGT DIE TREPPE HINAUF.
OBEN TRIFFT ER DEN BURGBESITZER: „WENN DU DEM MÄDCHEN ETWAS ANGETAN HAST, SCHLAGE ICH DICH IN STÜCKE!"
IN DIESEM MOMENT BETRITT EIN KLEINER SCHNEIDER DEN GANG.
GAWAIN LOCKERT DEN GRIFF UND SIEHT VERDUTZT DEM SCHNEIDER NACH. „HIMMEL! WAR ES ETWA EINE SCHNEIDERPUPPE, DIE DIESE AUFREGUNG VERURSACHTE?" STAMMELT GAWAIN.
„NEIN!" SCHREIT DER GASTGEBER, „ES WAR DEIN HOLZKOPF!" ER TRIFFT VOLL INS SCHWARZE.
„UND NUN GEBT MIR DIE EHRE, EUCH MEIN HAUS ANBIETEN ZU DÜRFEN. WIR HABEN WENIG BESUCHER IN DIESER UNRUHIGEN ZEIT... NICHT MAL DUMMKÖPFE!" FÜGT ER MIT EINEM SEITENBLICK AUF GAWAIN HINZU.
AMURATH
THAGNAR
LAUNCELOT
SIR GAWAIN
PRINCE VALIANT
KING ARTHUR
QUEEN GUINEVERE
WISE MERLIN
MORGAN LE FEY
RAMUD

Prinz Eisenherz
HAL FOSTER
GAWAIN'S TISCHNACHBAR IST AM ABEND DAS, VON IHM GERETTETE "MÄDCHEN.".
SIR GAWAIN GEHT AUF DEN SCHERZ EIN UND "FLIRTET" DEN GANZEN ABEND MIT IHR. EIN KOMPLIMENT FOLGT DEM ANDEREN.
ER RÜHMT IHRE WEISHEIT UND TRINKT AUF IHR WOHL.
389 7-23-44
VOR IHNEN LIEGT MARSEILLE. PRINZ EISENHERZ BEDAUERT DAS ENDE DER LAND-REISE.
„GAWAIN, BESORGE UNS EIN QUARTIER. BERIC UND ICH SUCHEN EIN SCHIFF FÜR DIE WEITERREISE."
IN EINER TAVERNE TREFFEN SIE EINEN BETRUNKENEN, LUSTIGEN KAPITÄN, DER NACH KRETA WILL. ER AKZEPTIERT SIE ALS PASSAGIERE.
STOLZ ZEIGT ER IHNEN DAS SCHIFF, DAS DEN GLEICHEN HERUNTERGEKOMMENEN EINDRUCK MACHT WIE DER KAPITÄN. EISENHERZ ERBLICKT AN DECK EIN MÄDCHEN.
„WER IST DAS?" FRAGT GAWAIN MIT GLÄNZENDEN AUGEN. „MEINE TOCHTER, SIE WIRD FÜR UNS KOCHEN," ANTWORTET DER KAPITÄN.
„WIR FAHREN MIT DIR!" SAGT GAWAIN SCHNELL, BEVOR DER PRINZ ES SICH ANDERS ÜBERLEGEN KANN.
HAL FOSTER
EISENHERZ FRAGT SICH, OB ER DIE NEBELINSELN WIEDERFINDET, UND WELCHEN VERLAUF SEIN LEBEN NACH EINEM TREFFEN MIT ALETA NEHMEN WIRD.
AMURATH
THAGNAR
LAUNCELOT
SIR GAWAIN
PRINCE VALIANT
KING ARTHUR
QUEEN GUINEVERE
WISE MERLIN
MORGAN LE FEY
RAMUD

Prinz Eisenherz
SCHMUTZIGE SEELEUTE HISSEN EIN ZERSCHLISSENES SEGEL AN EINEM WACKELIGEN MAST: DIE REISE GEHT LOS.
„NUN, GOLDJUNGE, DENKE DARAN, WESHALB DU DIESE REISE MACHST! ICH WERDE DAS HÜBSCHE MÄDCHEN UNTERHALTEN."
DAS STRAHLENDE LÄCHELN WEICHT EINEM SCHIEFEN GRINSEN, ALS SIE DIE KAJÜTE BETRETEN. „ICH DACHTE, DEINE TOCHTER BEDIENT UNS?"
391 8-6-44
„OH! ICH HAB'S VERGESSEN ZU SAGEN!" GLUCKST DER ALTE SCHURKE. „SIE HAT GEHEIRATET BEVOR WIR AUSLIEFEN. STATT DESSEN WERDEN WIR VON MEINER CHARMANTEN FRAU BEDIENT!"
HAL FOSTER
EISENHERZ UND GAWAIN VERSUCHEN DAS BESTE AUS DEM SCHLECHTEN GESCHÄFT ZU MACHEN.
DAS ALTE SCHIFF QUIETSCHT UND KNARRT DIE ITALIENISCHE KÜSTE ENTLANG.
DAS WETTER SCHLÄGT UM, ES REGNET UND DER SEEGANG WIRD SCHWERER. NICHTS GEFÄHRLICHES FÜR EIN STARKES SCHIFF.
NUR: DIE "TANZMAID" IST KEIN STARKES SCHIFF. DIE WANTEN REISSEN AB ....
AMURATH
THAGNAR
LAUNCELOT
SIR GAWAIN
PRINCE VALIANT
KING ARTHUR
QUEEN GUINEVERE
WISE MERLIN
MORGAN LE FEY
RAMUD

Prinz Eisenherz
... UND DER HAUPTMAST GEHT ÜBER BORD, DIE RELING WIRD ZERTRÜMMERT.
392 8-13-44
VERZWEIFELT HACKEN DIE SEELEUTE DEN MAST VOLLKOMMEN AB, BEVOR ER EIN LECK IN DIE SCHIFFSSEITE SCHLAGEN KANN.
HAL FOSTER
BERIC SIEHT SEINEN HERRN ÜBER BORD GEHEN UND SPRINGT HINTERHER.
BERIC LÖST EISENHERZ AUS DEN SEILEN UND EINIGE STUNDEN SPÄTER ERREICHEN SIE DIE ITALIENISCHE KÜSTE.
EISENHERZ IST ERNSTHAFT VERLETZT, SEIN HERZ KLOPFT WILD UND ER KANN SICH AN KAUM ETWAS ERINNERN. NICHT EINMAL BERIC ERKENNT ER.
SIE SIND AN EINER EINSAMEN KÜSTE GESTRANDET. IM HINTERGRUND SEHEN SIE BLAUE BERGE, VOR IHNEN DIE PONTINISCHEN SÜMPFE!
WÄHRENDDESSEN TAUMELT DAS SCHIFF EINEM UNGEWISSEN SCHICKSAL ENTGEGEN. HOFFNUNG KOMMT AUF, ALS SIE SEGEL ENTDECKEN.
393 8-20-44
DAS SCHIFF DREHT BEI UND NIMMT SIE AUF.
DER SCHIFFSBESITZER IST HOCHERFREUT, DEN BERÜHMTEN RITTER GAWAIN GERETTET ZU HABEN.
AMURATH
THAGNAR
LAUNCELOT
SIR GAWAIN
PRINCE VALIANT
KING ARTHUR
QUEEN GUINEVERE
WISE MERLIN
MORGAN LE FEY
RAMUD

Prinz Eisenherz
BERIC FRAGT SICH, WIE ES WEITERGEHEN SOLL. WIR VERLASSEN DIE BEIDEN UND VERFOLGEN DIE ABENTEUER SIR GAWAIN'S.
DER BESITZER, BENETI BENOIT, VERSUCHT SIR GAWAIN SO GUT WIE MÖGLICH ZU UNTERHALTEN.
NACH EIN PAAR TAGEN ERREICHT DAS SCHNELLE SCHIFF SYRACUS AUF SIZILIEN. BENETI ZEIGT IHM SEINE VILLA IN DEN BERGEN.
DIE GANZE FAMILIE IST BEGEISTERT, EINEN SOLCH BERÜHMTEN RITTER BEHERBERGEN ZU DÜRFEN.
394 8-27-44
AM ABEND SETZT BENETI BENOIT EINEN BRIEF AN KÖNIG ARTHUR, GAWAIN'S ONKEL, AUF: ER TEILT IHM MIT, WIEVIEL LÖSEGELD ER FÜR SEINEN NEFFEN ZAHLEN SOLL.
HAL FOSTER
SIR GAWAIN IST NICHT SEHR ÜBERRASCHT, ALS ER SEIN DASEIN AUF DAS PRÄCHTIGE ZIMMER BESCHRÄNKT SIEHT. GESCHÄFTE DIESER ART WAREN DAMALS DURCHAUS ÜBLICH.
DA MAN GAWAIN DIE WAFFEN GENOMMEN HAT, KANN ER SICH DEN WEG NICHT FREIKÄMPFEN. VOM FENSTER AUS SIEHT ER CLEO, DES GASTGEBER'S SCHARFZÜNGIGE SCHWESTER, IM GARTEN SPAZIERENGEHEN.
CLEO IST SO ÜBERRASCHT, DASS SIE FAST LÄCHELT! DER BERÜHMTE RITTER SINGT EIN LIEBESLIED, FÜR SIE ALLEIN!
BENETI'S FRAU UND TOCHTER BETRETEN DEN GARTEN. AUCH SIE VERFALLEN DEM UNWIDERSTEHLICHEN RITTER.
AMURATH
THAGNAR
LAUNCELOT
SIR GAWAIN
PRINCE VALIANT
KING ARTHUR
QUEEN GUINEVERE
WISE MERLIN
MORGAN LE FEY
RANUD

Prinz Eisenherz
ALLE SIND BEGEISTERT ÜBER SIR GAWAIN'S FEINE TISCHMANIEREN.
HAL FOSTER
UND BENETI IST EIN GROSSER FREUND DES WEINES! ENDLICH HAT ER JEMANDEN, DER MITHALTEN KANN UND SEINE RAUHEN SCHERZE NOCH ÜBERTRUMPFT.
BENETI IST ÜBERSTIMMT. ER WILLIGT EIN, DEN GEFANGENEN IN VILLA UND GARTEN SICH FREI BEWEGEN ZU LASSEN.
GAWAIN SUCHT AUF SEINEN SPAZIERGÄNGEN EINE GELEGENHEIT ZUR FLUCHT. DOCH IMMER WIEDER STELLT ER FEST, DASS ER ZU GUT BEWACHT WIRD.
SO VERDOPPELT ER SEINE ANSTRENGUNGEN, AUF BENETI'S ZÄNKISCHE SCHWESTER EINDRUCK ZU MACHEN. WIE IMMER MIT ERFOLG!
DIE WOCHEN VERGEHEN UND GAWAIN'S LIEBESLIEDER WERDEN IMMER TRAURIGER ... EIN SCHLUCHZENDER TENOR!
HAL FOSTER
DANN ERHEBT ER SICH EINES TAGES NICHT MEHR VON DER COUCH: „DIE BESCHRÄNKUNGEN TÖTEN MICH! WIE DER ADLER MUSS ICH FREI SEIN ODER STERBEN!" FLÜSTERT ER TRAURIG.
SOGAR BENETI IST BESORGT: „GIB MIR DEIN EHRENWORT, UND DU KANNST GEHEN UND KOMMEN, WIE ES DIR BELIEBT!"
396 9-10-44
„DU BIST ZU GROSSZÜGIG!" RUFT GAWAIN AUS. „ICH SCHWÖRE, DAS HAUS NUR IN DEINER BEGLEITUNG ZU VERLASSEN ... ODER EINES DEINER FAMILIENMITGLIEDER!" FÜGT ER HINZU.
AMURATH
THAGNAR
LAUNCELOT
SIR GAWAIN
PRINCE VALIANT
KING ARTHUR
QUEEN GUINEVERE
WISE MERLIN
MORGAN LE FEY
RAMUD

Prinz Eisenherz
UND DIE GOLDENE PRINZESSIN
BIS JETZT IST ALLES PLANMÄSSIG VERLAUFEN...
DAS HAAR GE-KÄMMT UND PARFÜMIERT IST ER BEREIT.
MIT TIEFER, GEFÜHLVOLLER STIMME SAGT GAWAIN: „OH CLEO, WENN DU WÜSSTEST WIE ICH LEIDE! MEIN HERZ IST ERFÜLLT VON LIEBE ZU DIR...
...WIE GLÜCKLICH KÖNNTEN WIR ZWEI AUF MEINER FERNEN BURG SEIN! ABER WIE KOMME ICH HOFFNUNGSLOSER GEFANGENER DAZU, SO ZU REDEN!"
„ICH KANN NICHT FLÜCHTEN! ICH HABE MEIN RITTERLICHES WORT GEGEBEN, DAS HAUS NUR MIT JEMANDEN AUS DEM HAUSHALT ZU VERLASSEN!"
„DUMMER JUNGE!" SCHNURRT CLEO. „ICH BIN DOCH EINE DERJENIGEN. MIT MIR KANNST DU GEHEN!" „OH, MEIN KLUGER, KLEINER SCHATZ!" RUFT GAWAIN. „SO BRAUCHE ICH MEINEN EID NICHT ZU BRECHEN!"
UND SO KOMMT ES, DASS SIR GAWAIN UND BENETI BENOIT'S SCHWESTER SIZILIEN VERLASSEN. EINIGE WERTGEGENSTÄNDE GEHEN AUCH MIT.
SIR GAWAIN FRAGT SICH, WIE ER DIE ZÄNKISCHE, SCHARFZÜNGIGE FRAU LOSWIRD.
ER HAT SIZILIEN VERLASSEN... ABER MIT CLEO! GANZ WOHL FÜHLT ER SICH NICHT BEI DEM TÄUSCHUNGSMANÖVER.
„OH, MEIN KLEINES TÄUBCHEN! WIE GLÜCKLICH WIR SEIN WERDEN, UNTER DEM FREIEN HIMMEL, KRIEGE UND GEFAHREN, SONNE UND STURM. WINTER UND SOMMER WERDEN WIR TEILEN... UND DU WIRST MEINE WUNDEN PFLEGEN!"
AMURATH
THAGNAR
LAUNCELOT
SIR GAWAIN
PRINCE VALIANT
KING ARTHUR
QUEEN GUINEVERE
WISE MERLIN
MORGAN LE FEY
RAMUD

„DU IRRST DICH, WENN DU MEINST, SOWAS MACHE ICH MIT! NICHT EINE MINUTE, DU ROHLING!"
398 9-24-44
„WAS!" DONNERT GAWAIN, „NICHT 'MAL ETWAS MÜHSAL KANNST DU AUF DICH NEHMEN? DANN WERDE ICH LÖSEGELD FÜR DICH VERLANGEN, SOBALD WIR MARSEILLE ANLAUFEN!"
ALS GAWAIN IN MARSEILLE AN LAND GEHT, BEFIEHLT CLEO DEN SEELEUTEN SOFORT UMZUKEHREN. GEBROCHENEN HERZENS BLEIBT GAWAIN ZURÜCK!
Prinz Eisenherz
HAROLD R FOSTER
KEHREN WIR ZU EISENHERZ UND BERIC ZURÜCK. WÄHREND GAWAIN AUF DER HEIMREISE IST, STOLPERT EISENHERZ HINTER BERIC HER.
SIE GEHEN DIE DÜNEN ENTLANG, BIS SIE VON EINEM FLUSS AUFGEHALTEN WERDEN.
DER FLUSS KOMMT AUS DEN FERNEN BERGEN UND BERIC BESCHLIESST, IHM ZU FOLGEN.
ABER NACH KURZER ZEIT VERSCHWINDET DER FLUSS IN DEN SÜMPFEN!
ZWEI TAGE STOLPERN SIE MÜDE UND ERSCHÖPFT IM SCHLAMM UND SCHILF UMHER.
ENDLICH WIEDER FESTEN BODEN! MÜDE TROTTEN SIE DIE VIA APPIA ENTLANG.
399 10-1-44
AM ERSTEN WACH-TURM WERDEN SIE VON MISSTRAUISCHEN SOLDATEN ANGEHALTEN.
AMURATH
THAGNAR
LAUNCELOT
SIR GAWAIN
PRINCE VALIANT
KING ARTHUR
QUEEN GUINEVERE
WISE MERLIN
MORGAN LE FEY
RAMUD

Prinz Eisenherz
PRINZ EISENHERZ UND BERIC WERDEN DEM WACHHABENDEN OFFIZIER VORGE-FÜHRT.
DER HAUPTMANN ERKENNT UNTER LUMPEN UND SCHMUTZ, DASS DIE AUSLÄNDER VON EDLER ABSTAMMUNG SIND.
ER LÄSST SIE UNTER BEWACHUNG ZUR WEI-TEREN BEFRAGUNG ZUM GOUVERNEUR BRINGEN.
DER GOUVERNEUR GLAUBT AN GERECHTIGKEIT... SO IST ES GERECHT, DASS ER JETZT IM BESITZ VON KETTENHEMD, GEFÜLLTER BÖRSE UND DEM „SINGENDEN SCHWERT" IST.
ER LÄSST DEN RITTER UND SEINEN KNAPPEN IN EINE SCHMUTZIGE ZELLE WERFEN, UND HOFFT, DASS SIE BALD STERBEN. EISENHERZ HAT JETZT AUCH NOCH MALARIA!
400 10·8·44
BERIC, DER WEISS, DASS ES SEIN HERR NICHT MEHR LANGE AUSHÄLT, BEOBACHTET DIE WACHEN...
... UND FRAGT SICH: „WAS WÜRDE MEIN HERR IN DIESER SITUATION TUN?"
ER SCHAUT AUS DEM FENSTER UND EINE IDEE REIFT.
PRINZ EISENHERZ HAT SCHWERES FIEBER, BERIC IST AM VERZWEIFELN!
MIT HÄNDEN UND ZÄHNEN SPALTET ER EINEN BESENSTIEL.
AN EINEM LANGEN SPLITTER BEFESTIGT ER EIN ÖLGETRÄNKTES TUCH.
AMURATH
THAGNAR
LAUNCELOT
SIR GAWAIN
PRINCE VALIANT
KING ARTHUR
QUEEN GUNEVERE
WISE MERLIN
MORGAN LE FEY
RAMUD

AM ABEND ÜBERFÄLLT ER DIE WACHE, DIE EINE MAHLZEIT BRINGT.
BERIC ZÜNDET DEN BRANDPFEIL AN UND ZIEHLT AUF DEN MIT HEU GEFÜLLTEN STALL.
ER TRIFFT! ALS DIE AUFREGUNG AM GRÖSSTEN IST, GEHT ER HINÜBER ZUM HAUS DES GOUVERNEUR'S
HAL FOSTER
Prinz Eisenherz
HAROLD R FOSTER
DER STALL BRENNT LICHTERLOH UND IN DER AUFREGUNG...
...BEMERKT MAN BERIC NICHT. IM HAUS DES GOUVERNEUR'S...
...NIMMT ER KETTENHEMD, DAS „SINGENDE SCHWERT" UND AUSSER SEINEN WAFFEN, NOCH DIE ABENDMAHLZEIT DES GOUVERNEUR'S.
EIN BAUER HÄLT UND BETRACHTET DAS FEUER. PLÖTZLICH HAT ER ZWEI MIT-REISENDE!
ER NIMMT SIE BIS NACH GAETA MIT, UND HAT NUR DIE WAHL ZWISCHEN SCHWERT-HIEB UND BELOHNUNG.
402 10-22-44
EISENHERZ' ERINNERUNGSVERMÖGEN IST IMMER NOCH SCHLECHT, BIS — „MEIN PRINZ," SAGT BERIC, „WIR FAHREN NACH ENGLAND ZURÜCK UND LASSEN SIE VON MERLIN BEHANDELN."
HAL FOSTER
„NEIN!" RUFT EISENHERZ UND ZIEHT SICH AUF DIE SCHWACHEN FÜSSE, „... DIE NEBELINSELN ... KÖNIGIN ALETA ... WIR NEHMEN EIN SCHIFF, ABER OSTWÄRTS!"
AMURATH
THAGNAR
LAUNCELOT
SIR GAWAIN
PRINCE VALIANT
KING ARTHUR
QUEEN GUINEVERE
WISE MERLIN
MORGAN LE FEY
RAMUD

Prinz Eisenherz
UND DIE GOLDENE PRINZESSIN
DER PRINZ IST VON DEM GEDANKEN BESESSEN, DIE NEBELINSELN ZU FINDEN, UND ALETA ZU ZWINGEN, DEN FLUCH VON IHM ZU NEHMEN.
BERIC BESORGT EIN KLEINES SCHIFF, UND SIE MACHEN SICH AUF IN DIE ÄGÄIS.
ZWEIMAL HAT EISENHERZ MALARIA-RÜCKFÄLLE.
ABER DIE SEELUFT TUT IHM GUT, UND BALD IST SEINE GESUNDHEIT WIEDER HERGESTELLT.
NACH EINIGEN WOCHEN DES UMHERREISENS TAUCHEN BEKANNTE INSELN AM HORIZONT AUF.
„DIE NEBELINSELN!" RUFT EISENHERZ, „ICH ERKENNE DEN TEMPEL APHRODITES DORT AUF DEM HÜGEL!"
HAL FOSTER
VOR VIELEN MONATEN HAT DER ÄLTESTENRAT BESCHLOSSEN, DASS ALETA ZU HEIRATEN HABE. VORBEREITUNGEN WERDEN GETROFFEN.
EINE KÖNIGIN DIENT DEN INTERESSEN IHRES VOLKES. SO BEUGT SICH ALETA DEM BESCHLUSS DES ÄLTESTENRATES: „DU BIST JETZT SIEBZEHN, UND ES IST ZEIT, DASS DU EINEN GEMAHL WÄHLST."
GESANDTE WERDEN IN ALLE BEKANNTEN KÖNIGREICHE GESCHICKT. ALETA'S SCHÖNHEIT IST ÜBERALL BEKANNT.
DIE BEWERBER SIND SEHR ZAHLREICH. EINIGE JUNGE PRINZEN KOMMEN IN RÜSTUNGEN AUS GOLD UND JUWELEN UND BRINGEN EINE GROSSE DIENERSCHAFT MIT...
AMURATH
THAGNAR
LAUNCELOT
SIR GAWAIN
PRINCE VALIANT
KING ARTHUR
QUEEN GUINEVERE
WISE MERLIN
MORGAN LE FEY
RAMUD

... ANDERE VERKLEIDEN SICH ALS TROUBADOURE, ZERLUMPT ERSCHEINEN SIE UND VERHEIMLICHEN EDLE NAMEN.
VON IHREM BALKON SIEHT ALETA DIE BEWERBER EINTREFFEN. IHRE KLAREN, GRAUEN AUGEN SUCHEN DEN SCHWARZHAARIGEN, UNERSCHROCKENEN BURSCHEN, DEN SIE ZWEIMAL FORTGESCHICKT HATTE.
HAL FOSTER
EISENHERZ NÄHERT SICH DER KÜSTE. ER VERSUCHT, SICH AN ETWAS ZU ERINNERN, EINE GEFAHR. SEIN UMNEBELTES GEDÄCHTNIS LÄSST ES NICHT ZU.
Prinz Eisenherz
HAROLD R FOSTER
VIELE WOCHEN SIND VERGANGEN UND ALETA HAT IMMER NOCH NICHT GEWÄHLT. DIE BEWERBER DRÄNGEN SIE: FRÖHLICHE JUNGE PRINZEN, BERÜHMTE KRIEGER UND SÖHNE WOHLHABENDER KÖNIGE. SIE GEBÄRDEN SICH WIE PFAUEN, ABER ALETA'S HERZ BLEIBT UNGERÜHRT.
IN EINER SANDIGEN BUCHT GEHT EISENHERZ AN LAND. ER IST UNRUHIG, DENN ER SPÜRT DIE NÄHE ALETAS.
ER WEISS, DASS ER SICH AN ETWAS WICHTIGES ERINNERN MUSS, ETWAS DAS MIT DER KÜSTE ZU TUN HAT, EINE GEFAHR. ABER SEINE KOPFVERLETZUNG HINDERT IHN.
HAL FOSTER
DANN ERTÖNEN RUFE UND EINE KÜSTENWACHE RENNT AUF SIE ZU!
AMURATH
THAGNAR
LAUNCELOT
SIR GAWAIN
PRINCE VALIANT
KING ARTHUR
QUEEN GUINEVERE
WISE MERLIN
MORGAN LE FEY
RAMUD

Prinz Eisenherz
HAROLD R FOSTER
UND DIE GOLDENE PRINZESSIN
DER PRINZ WEISS NOCH IMMER NICHT, WIE ER SICH VERHALTEN SOLL.
EISENHERZ UND BERIC WISSEN NICHT, DASS…
… DIE NEBELINSELN JAHRHUNDERTELANG VON PIRATEN GEPLÜNDERT WURDEN, BIS…
… DIE EINWOHNER ALLEN DEN TOD SCHWOREN, DIE AN IHRER KÜSTE LANDEN…
EHRBARE BESUCHER LEGEN IM GESCHÜTZTEN HAFEN AN. WACHEN WURDEN ENTLANG DER KÜSTE AUFGESTELLT.
EISENHERZ ERINNERT SICH UNDEUTLICH AN DAS SCHRECKLICHE ENDE SEINER MANNSCHAFT. ABER ER WEISS NICHT, DASS SIE ES REICHLICH VERDIENT HATTE.
HAL FOSTER
SO ZIEHT ER SEIN SCHWERT UND BEGINNT DEN UNHEILVOLLSTEN KAMPF SEINES LEBENS.
NUR PIRATEN LANDEN WIE EISENHERZ IN EINER EINSAMEN BUCHT.
DIE KÜSTENWACHE ERSCHEINT, UND BEVOR FRAGEN GESTELLT WERDEN KÖNNEN…
… STÜRZT SICH EISENHERZ IN EINEN KAMPF, DEN MAN HÄTTE VERMEIDEN KÖNNEN!
AMURATH
THAGNAR
LAUNCELOT
SIR GAWAIN
PRINCE VALIANT
KING ARTHUR
QUEEN GUINEVERE
WISE MERLIN
MORGAN LE FEY
RAMUD

EIN SPEER BOHRT SICH IN BERIC'S TREUES HERZ!
EISENHERZ KÄMPFT WIE EIN WAHN-SINNIGER! HASS VERZEHRT IHN.
HAL FOSTER
ER MACHT ALETA FÜR GRAUSAMKEIT UND TRAUER VERANTWORTLICH. HEUTE NOCH MUSS SIE STERBEN!
Prinz Eisenherz
HAROLD R FOSTER
DER SINNLOSE, TRAGISCHE KAMPF IST VORBEI. EISENHERZ SCHAUFELT BERIC EIN GRAB. SEIN KÖRPER WIRD VON ERREGUNG GESCHÜTTELT UND HASS VERHINDERT TRÄNEN.
DIE ÄLTESTEN SPRECHEN MIT IHRER KÖNIGIN: „VIEL ZEIT IST VERGANGEN UND DEIN GEMAHL IST NOCH NICHT GEWÄHLT. UNSERE KASSEN SIND LEER UND WIR KÖNNEN DIE PRINZEN NICHT MEHR UNTERHALTEN!"
„NUR EINER BERÜHRTE JE MEIN HERZ. DER JUNGE KRIEGER MIT DEM GLÄNZENDEN HAAR UND DEN DUNKLEN AUGEN. IN EINEM MÄRCHEN KÄME ER IM LETZTEN MOMENT... ABER DIES IST DIE WIRKLICHKEIT!" SEUFZT SIE.
„AM HEUTIGEN ABEND, WERDE ICH, ALETA, KÖNIGIN DER NEBELINSELN MEINEN GEMAHL WÄHLEN!" WIRD VERLAUTBART. ALLE KOMMEN, DENN JEDER GLAUBT, ER SEI DER AUSER-WÄHLTE!
EISENHERZ BEENDET SEINE ARBEIT UND SEIN GESICHT VERHEISST NICHTS GUTES.
AMURATH
THAGNAR
LAUNCELOT
SIR GAWAIN
PRINCE VALIANT
KING ARTHUR
QUEEN GUINEVERE
WISE MERLIN
MORGAN LE FEY
RAMUD

Prinz Eisenherz
EISENHERZ PLAZIERT BERIC'S SCHWERT AM KOPFENDE DES GRABES UND WENDET SICH DER ENTFERNTEN STADT ZU.
BLITZE ZUCKEN UND DONNER ROLLT. ABER BEDROHLICHER IST DER WAHNSINN IN SEINEN AUGEN UND DAS POCHEN SEINES KRANKEN HERZENS.
HAL FOSTER
ALETA, DIE KÖNIGIN DER NEBELINSELN, HAT SICH ERHOBEN UM DEN GEMAHL ZU WÄHLEN, ALS DER VORHANG BEISEITE GERISSEN WIRD UND EIN HÜBSCHER JUNGE IN ZERSCHLISSENEM UMHANG AUFTAUCHT. ALLE ZIEHEN SICH ZURÜCK, ALS SIE DEN WAHNSINN IN SEINEN AUGEN UND DAS BLITZENDE SCHWERT IN SEINER HAND WAHRNEHMEN.
ENTSCHLOSSEN GEHT PRINZ EISENHERZ AUF DEN THRON ZU. ER ZÖGERT EINEN MOMENT, SCHLIESST DIE AUGEN, UM SICH VON IHRER SCHÖNHEIT NICHT BLENDEN ZU LASSEN, ERGREIFT IHR HAAR ...
AMURATH
THAGNAR
LAUNCELOT
SIR GAWAIN
PRINCE VALIANT
KING ARTHUR
QUEEN GUINEVERE
WISE MERLIN
MORGAN LE FEY
RAMUD

...WIRFT SIE SICH ÜBER DIE SCHULTER UND GEHT HINAUS IN DEN STURM. ALS DIE ANWESENDEN BEGREIFEN, WAS GESCHEHEN IST, IST ES ZU SPÄT!
IN DUNKELHEIT DURCHSUCHEN SIE DIE STADT, DA DER STURM ALLE FACKELN LÖSCHT. ABER EISENHERZ UND SEINE GEFANGENE SIND LÄNGST NICHT MEHR IN DER STADT.
SIE ERREICHEN DAS SCHIFF UND EISENHERZ GIBT BEFEHL ZUM AUFBRUCH. „WIR GEHEN UNTER, FALLS WIR DIE BUCHT VERLASSEN!" SAGEN SIE. „TOD DEM, DER NICHT GEHORCHT!" ERINNERT ER SIE.
HAL FOSTER
Prinz Eisenherz
HAROLD R FOSTER
DAS STURMUMHEULTE KLEINE SCHIFF IST EIN SPIELBALL DER NATURGEWALTEN. STUNDEN VERGEHEN, EIN UNTERSCHIED ZWISCHEN TAG UND NACHT IST NICHT ERKENNBAR, DOCH DAS SCHIFF KOMMT DURCH.
ALETA'S GRAUE AUGEN RUHEN AUF DER SCHLAFENDEN GESTALT IHRES ENTFÜHRERS. WAS SIE DENKT UND FÜHLT WEISS NIEMAND.
ES IST WEIHNACHTEN UND EISENHERZ MACHT EIN GESCHENK FÜR SEINE GEFANGENE.
„WEIL DU EINE GRAUSAME HEXE BIST, WIRST DU DIESE KETTE TRAGEN. FÜR DIE SCHMERZEN UND QUALEN, DIE DU UND DEINE BARBARISCHEN INSELBEWOHNER VERURSACHT HABT, WERDE ICH DICH AN KETTEN DURCH ALLE KÖNIGREICHE DER WELT FÜHREN."
HAL FOSTER
„MÄNNER! MEINE GEFANGENE UND ICH WERDEN AN DIESER KÜSTE, WO IMMER ES SEIN MAG, AN LAND GEHEN. DAS SCHIFF SOLL EUCH GEHÖREN."
AMURATH
THAGNAR
LAUNCELOT
SIR GAWAIN
PRINCE VALIANT
KING ARTHUR
QUEEN GUINEVERE
WISE MERLIN
MORGAN LE FEY
RAMUD

Prinz Eisenherz
ALS SIE AN LAND GEHEN, STELLT DER PRINZ FEST, DASS SIE IN NORD-AFRIKA GELANDET SIND.
AFRIKA IST SELTSAME ANBLICKE GEWÖHNT, SO WUNDERN SICH DIE MENSCHEN VON SOLUM NICHT, ALS SIE EINEN ZERLUMPTEN RITTER MIT EINER JUNGEN KÖNIGIN AN DER KETTE SEHEN.
SO PLÖTZLICH WIE ER KAM, VERLÄSST EISENHERZ DER WAHNSINN. WIE EIN MÜDES, VERWIRRTES KIND FÄLLT ER AUF DEM MARKTPLATZ IN TIEFEN SCHLAF.
MIT DER SELBSTSICHERHEIT EINER KÖNIGIN UND DEM SÜSSEN LÄCHELN EINES SCHULMÄDCHENS RUFT ALETA EINIGE HÄNDLER HERBEI UND TAUSCHT EINE HALSKETTE GEGEN LEBENSMITTEL.
AM KÜHLEN ABEND ERWACHT EISENHERZ UND FINDET AUF ALETA'S UMHANG EINE REICHLICHE MAHLZEIT VOR.
„SCHAU!" FLÜSTERT ALETA UND DEUTET AUF DIE SEE, „DORT KOMMEN MEINE FREUNDE UM MICH ZU RETTEN!"
HAL FOSTER
„NÄRRIN! MICH DARAUF AUFMERKSAM ZU MACHEN!" MURMELT DER PRINZ UND VERLÄSST DIE STADT.
IN DER ABENDDÄMMERUNG ERREICHEN DIE DREI SCHIFFE DEN HAFEN, EISENHERZ UND ALETA DEN RAND DER WÜSTE.
DER PRINZ HAT WEDER EINEN PLAN NOCH EIN ZIEL. SEIT DEM TODE BERIC'S BEHERRSCHT IHN NUR DER HASS AUF ALETA.
IN EINEM WÄLDCHEN AM WÜSTENRAND STEHT EIN GEZÄUMTES PFERD VOR EINEM BELEUCHTETEN ZELT.
EISENHERZ HAT EINE HAND FÜR PFERDE ... DER DIEBSTAHL IST GERÄUCHLOS.
AMURATH
THAGNAR
LAUNCELOT
SIR GAWAIN
PRINCE VALIANT
KING ARTHUR
QUEEN GUINEVERE
WISE MERLIN
MORGAN LE FEY
RAMUD

DIE GANZE NACHT REITET ER TIEFER IN DIE WÜSTE. AM MORGEN FÄLLT ALETA VOR SCHWÄCHE FAST VOM PFERD. DER PRINZ NIMMT SIE ZU SICH IN DEN SATTEL.
SIE LEGT DEN KOPF AN SEINE SCHULTER UND MIT EINEM SEUFZER SCHLÄFT SIE EIN. DAS WEICHE HAAR AN DER WANGE VERWIRRT IHN, IMMER WIEDER MUSS ER WIEDERHOLEN: „ICH HASSE DIESE GRAUSAME HEXE!"
DEN RAUB EINER KÖNIGIN MAG MAN VERGEBEN, ABER EINEM BEDUINEN DAS PFERD ZU STEHLEN, IST EIN UNVERZEIHLICHES VERBRECHEN. SIE WERDEN VERFOLGT!
Prinz Eisenherz
HAROLD R FOSTER
ZIELLOS REITET EISENHERZ IN DIE LIBYSCHE WÜSTE. DIE WÜTENDEN BEDUINEN SUCHEN IHN ALLERDINGS AN WAHRSCHEINLICHEREN ORTEN.
NACH AUFGANG DER SONNE WIRD DIE WÜSTE ZU EINEM UNERTRÄGLICHEN BRENNOFEN.
DIE SONNE LIEGT AUF IHNEN WIE EINE FIEBRIGE HAND. BEI EINER RAST MACHT ALETA TURBANE.
NACHDEM ER ALETA DIE WERTVOLLE WASSERFLASCHE GAB, SETZT DER PRINZ SIE AN DIE LIPPEN, TRINKT ABER NICHT. ER SPART DAS WASSER FÜR DAS MÄDCHEN, DAS ER HASST!
SO HEISS DIE WÜSTE TAGSÜBER IST, SO KALT IST SIE IN DER NACHT. EISENHERZ DECKT ALETA MIT SEINEM UMHANG ZU. RITTERLICHKEIT IST EIN TEIL VON IHM WIE SEINE RECHTE HAND.
DÄMMERUNG. EISENHERZ SCHÜTTELT DIE FLASCHE... EIN BLICK AUF ALETA'S RISSIGE, TROCKENE LIPPEN ZEIGT IHM, DASS AUCH SIE SELBSTLOS WAR.
HAL FOSTER
SCHLIESSLICH IST DAS PFERD AM ENDE SEINER KRÄFTE. EISENHERZ UND ALETA MARSCHIEREN WEITER IN DIE WÜSTE.
AMURATH
THAGNAR
LAUNCELOT
SIR GAWAIN
PRINCE VALIANT
KING ARTHUR
QUEEN GUINEVERE
WISE MERLIN
MORGAN LE FEY
RAMUD

Prinz Eisenherz
HAROLD R FOSTER
ERSCHÖPFT STAPFEN SIE DURCH DIE BRENNENDE WÜSTE.
NACH ZWEI KALTEN NÄCHTEN UND ZWEI BRENNENDHEISSEN TAGEN, KAM BISHER NOCH KEINE KLAGE ÜBER ALETA'S LIPPEN.
DIE KETTE RUCKT, EISENHERZ SCHAUT SICH UM UND SIEHT ALETA IM SAND, EIN ENT-SCHULDIGENDES LÄCHELN IN IHREM EINGE-FALLENEN GESICHT.
DER PRINZ ENTDECKT BLUT IN IHRER FUSSSPUR. IHRE SCHUHE, ZUM TANZEN GEMACHT, SIND IN DER STEINIGEN WÜSTE SCHNELL ZERFETZT.
ES REISST IHN AUS SEINER LETHARGIE UND ER WIRD SICH DER VERZWEIFELTEN LAGE BE-WUSST, IN DIE ER SIE BEIDE GEBRACHT HAT.
BEI SONNENUNTERGANG ERREICHEN SIE EINEN KLEINEN BERG. SIE TRINKEN DEN REST DES WASSERS.
HAL FOSTER
EIN SCHLEIFENDES GERÄUSCH WECKT ALETA. IHR PFERD! ERSCHÖPFT BEWEGT ES SICH AUF EINE ÖFFNUNG IN DEN FELSEN ZU.
ALETA ERHEBT SICH UND SIEHT DAS ER-SCHÖPFTE TIER IM MONDLICHT VORBEITROT-TEN.
DAS PFERD SCHEINT EIN ZIEL ZU HABEN. SIE FOLGT IHM.
EISENHERZ WACHT AUF. ER GLAUBT ZU TRÄUM-EN: SEIN GESICHT UND SEINE LIPPEN SPÜREN KÖSTLICHES, KÜHLES WASSER!
ER TUT TIEFE SCHLUCKE. „WOHER KOMMT DAS WASSER?" „DAS PFERD KAM HEUTE NACHT VOR-BEI: ICH FOLGTE IHM UND ES FÜHRTE MICH ZU EINER QUELLE", ANTWORTET ALETA.
AMURATH
THAGNAR
LAUNCELOT
SIR GAWAIN
PRINCE VALIANT
KING ARTHUR
QUEEN GUINEVERE
WISE MERLIN
MORGAN LE FEY
RAMUD

„WIE HAST DU DICH VON DEN KETTEN BEFREIT?" „DER SCHLÜSSEL WAR IN DEINER BÖRSE. ICH BORGTE AUCH DEINE SCHUHE. DAS PFERD IST AN DER QUELLE."
DIE QUELLE IST BRACKIG UND RIECHT ÜBEL. ABER ES IST WASSER. SIE SPEIST AUCH EINE VERKÜMMERTE DATTELPALME, VON DER SIE EINIGE FRÜCHTE NEHMEN.
HAL FOSTER
SIE BESTEIGEN DAS PFERD UND ALS EISENHERZ WIEDER IN LETHARGIE VERFÄLLT, NIMMT ALETA DIE ZÜGEL.
Prinz Eisenherz
HAROLD R FOSTER
EISENHERZ UND ALETA FOLGEN DEM AUSGETROCKNETEN FLUSSBETT UND HOFFEN, DASS ES SIE AUS DER WÜSTE FÜHRT.
ENDLICH ... AM HORIZONT IST EIN BLAUER STREIFEN ZU SEHEN. DAS MEER!
SIE ERREICHEN DIE HAFENSTADT TOBRUK. EIN DUNKELHÄUTIGER ARABER BETRACHTET AUFMERKSAM DAS PFERD UND WENDET SICH HASTIG DER WÜSTE ZU.
SIE MACHEN AN EINEM RASTHAUS HALT UND ES FÄLLT ALETA NICHT SCHWER, IHREN DURSTIGEN ENTFÜHRER DAZUZUBRINGEN, ZU VIEL WEIN ZU TRINKEN. SCHNELL SCHLÄFT ER EIN.
SIE BESTEIGT DAS PFERD UND SCHLÄGT DIE RICHTUNG DES ARABERS EIN. „TOD DEN PFERDEDIEBEN!" KOMMT EIN WÜTENDER RUF VON EINER GRUPPE HERANGALLOPIERENDER WÜSTENMÄNNER.
„ES WIRD KEIN TÖTEN GEBEN!" SAGT DIE KLEINE KÖNIGIN RUHIG. „BENEHMT EUCH NICHT WIE NÖRGELIGE KINDER! ICH BRINGE DAS PFERD ZURÜCK. ES WURDE VON EINEM VERRÜCKTEN RITTER AUSGELIEHEN. DER, DESSEN GEIST VOM GÖTTLICHEM FINGER BERÜHRT WURDE, IST HEILIG, WIE IHR WISST!"
HAL FOSTER
SIE KEHRT ZUM BASAR ZURÜCK UND UNTER DEN STAUNENDEN AUGEN DER ARABER TAUSCHT SIE EINE PERLENKETTE GEGEN ZWEI PFERDE.
AMURATH
THAGNAR
LAUNCELOT
SIR GAWAIN
PRINCE VALIANT
KING ARTHUR
QUEEN GUINEVERE
WISE MERLIN
MORGAN LE FEY
RAMUD

Prinz Eisenherz
HAROLD R. FOSTER
DIE ARABER KOMMEN NICHT UMHIN, ALETA HOCHACHTUNG ZU ZOLLEN.
BEEINDRUCKT VERABSCHIEDEN SIE SICH.
ALS DER PRINZ ERWACHT, SCHMERZT SEIN KOPF STÄRKER ALS ÜBLICH. ER SCHAUT SICH NACH SEINEM KNAPPEN UM... DANN ERINNERT ER SICH! „ICH SCHWOR, DICH DURCH ALLE HÖFE DER CHRISTENHEIT ZU SCHLEPPEN," SAGT ER WÜTEND.
„WIR WERDEN SOFORT ANFANGEN." DEM HOF SULTAN NEFER EM RAFA'S VON TOBRUK MANGELT ES AN BEDEUTSAMKEIT. ABER DAS GLEICHT DER SULTAN DURCH DESPOTISMUS AUS.
DER PRINZ STELLT SICH VOR. „UND DIES" FÜGT ER BITTER HINZU, „IST EINE HEXE, FRÜHER EINE KÖNIGIN, JETZT VERDAMMT ZU EINEM LEBEN IN KETTEN!" NEFER HÖRT NICHT ZU: „ICH KAUFE SIE," FLÜSTERT ER UND LECKT SICH DIE LIPPEN.
HAL FOSTER
EISENHERZ SCHAUT IN ALETA'S STOLZES GESICHT, DANN AUF DIE BLÄSSLICHE, BÖSE MIENE DES SULTANS. KALTER MÖRDERISCHER ZORN BLITZT IN DES PRINZEN AUGEN AUF. DER SULTAN BEKOMMT ANGST UND KREISCHT NACH DER WACHE!
EISENHERZ' BLICK SCHEINT DEM SULTAN EIN FRÜHES BEGRÄBNIS ZU VERHEISSEN.
DER PRINZ ACHTET NICHT AUF DIE WÄCHTER, ER STEHT NUR DA UND SCHAUT AUF DEN QUAKENDEN DESPOT. DANN LACHT ER BELEIDIGEND AUF UND GEHT HINAUS.
SEIN ERSTER VERSUCH, ALETA ZU ERNIEDRIGEN, IST EIN FEHLSCHLAG.
AMURATH
THAGNAR
LAUNCELOT
SIR GAWAIN
PRINCE VALIANT
KING ARTHUR
QUEEN GUINEVERE
WISE MERLIN
MORGAN LE FEY
RAMUD

WO VORHER EIN PFERD ANGEBUNDEN WAR, SIND JETZT ZWEI., ES SIND UNSERE. ICH HABE DAS GESTOHLENE ZURÜCKGEBRACHT UND DIESE GEKAUFT," SAGT ALETA RUHIG.
HAL FOSTER
ALS SIE AUS DER STADT REITEN, ÜBERLEGT EISENHERZ. WARUM HAT ER SIE NICHT VERKAUFT? ES WÄRE DIE RECHTE STRAFE GEWESEN. UND: WARUM WURDE ER SO ZORNIG? ES WÄRE DOCH NUR EIN NORMALES GESCHÄFT GEWESEN! ER IST WÜTEND AUF SICH.
Prinz Eisenherz
HAROLD R FOSTER
VON DER ANHÖHE HINTER DER STADT SCHAUT ALETA NACH TOBRUK HINUNTER.
DREI GROSSE SCHIFFE LAUFEN IN DEN HAFEN EIN. IHRE FREUNDE FOLGEN IHR DIE KÜSTE ENTLANG.
EINE FRISCHE BRISE WEHT VOM MEER. ALETA LÖST IHR HAAR UND SUMMT EIN FRÖHLICHES LIED. EISENHERZ IST ÄRGERLICH: ER HOLTE SIE VON EINEM THRON, ZWANG SIE ZU EINEM NOMADENLEBEN... UND IMMER NOCH SINGT SIE.
„FALLS ICH ES NICHT FERTIGBRINGE, DASS IHR BÖSES, MÖRDERISCHES HERZ GEWISSENSBISSE BEKOMMT, WERDE ICH SIE VERKAUFEN ODER SIE JEMANDEN GEBEN, DER ES SCHAFFT," KNURRT ER.
WANDERNDE WÜSTEN-NOMADEN, IMMER AUF DER AUSSCHAU NACH GELEGENHEIT ZUM PLÜNDERN, SEHEN EIN JUWELENBESETZTES SCHWERT IN DER SONNE BLITZEN.
AM ABEND ERREICHEN SIE EINEN BRUNNEN. SIE BEREITEN DAS NACHTLAGER VOR. DIE NOMADEN KRIECHEN NÄHER.
HAL FOSTER
IM DUNKEL DER NACHT SCHLEICHEN SIE HERAN. EIN PLÖTZLICHES TAPSEN NACKTER FÜSSE UND EISENHERZ UND ALETA SIND GEFANGENE!
AMURATH
THAGNAR
LAUNCELOT
SIR GAWAIN
PRINCE VALIANT
KING ARTHUR
QUEEN GUNEVERE
WISE MERLIN
MORGAN LE FEY
RAMUD

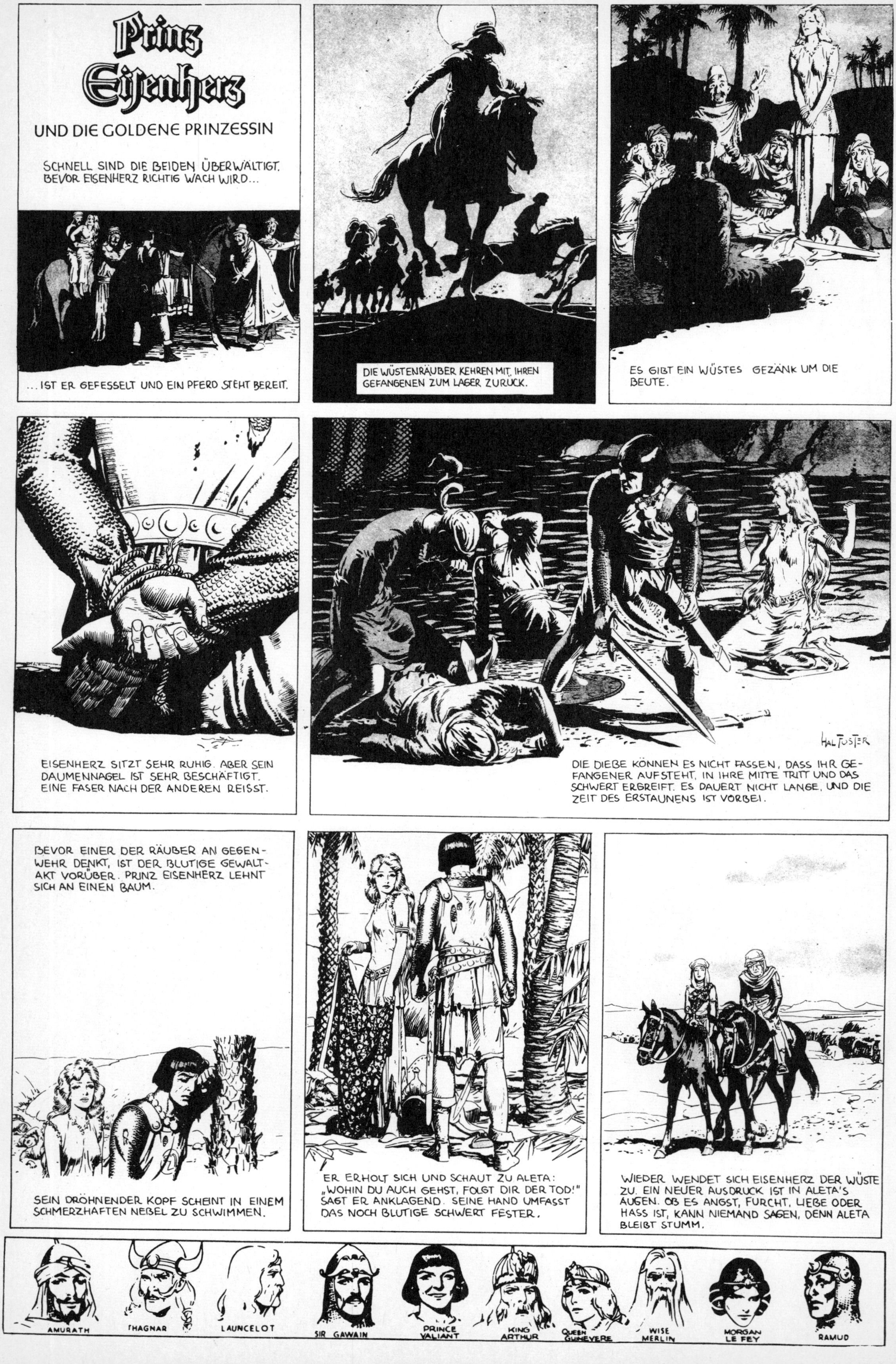
Prinz Eisenherz
UND DIE GOLDENE PRINZESSIN
SCHNELL SIND DIE BEIDEN ÜBERWÄLTIGT. BEVOR EISENHERZ RICHTIG WACH WIRD...
...IST ER GEFESSELT UND EIN PFERD STEHT BEREIT.
DIE WÜSTENRÄUBER KEHREN MIT IHREN GEFANGENEN ZUM LAGER ZURÜCK.
ES GIBT EIN WÜSTES GEZÄNK UM DIE BEUTE.
EISENHERZ SITZT SEHR RUHIG. ABER SEIN DAUMENNAGEL IST SEHR BESCHÄFTIGT. EINE FASER NACH DER ANDEREN REISST.
HAL FOSTER
DIE DIEBE KÖNNEN ES NICHT FASSEN, DASS IHR GEFANGENER AUFSTEHT, IN IHRE MITTE TRITT UND DAS SCHWERT ERGREIFT. ES DAUERT NICHT LANGE, UND DIE ZEIT DES ERSTAUNENS IST VORBEI.
BEVOR EINER DER RÄUBER AN GEGENWEHR DENKT, IST DER BLUTIGE GEWALTAKT VORÜBER. PRINZ EISENHERZ LEHNT SICH AN EINEN BAUM.
SEIN DRÖHNENDER KOPF SCHEINT IN EINEM SCHMERZHAFTEN NEBEL ZU SCHWIMMEN.
ER ERHOLT SICH UND SCHAUT ZU ALETA: „WOHIN DU AUCH GEHST, FOLGT DIR DER TOD!" SAGT ER ANKLAGEND. SEINE HAND UMFASST DAS NOCH BLUTIGE SCHWERT FESTER.
WIEDER WENDET SICH EISENHERZ DER WÜSTE ZU. EIN NEUER AUSDRUCK IST IN ALETA'S AUGEN. OB ES ANGST, FURCHT, LIEBE ODER HASS IST, KANN NIEMAND SAGEN, DENN ALETA BLEIBT STUMM.
AMURATH
THAGNAR
LAUNCELOT
SIR GAWAIN
PRINCE VALIANT
KING ARTHUR
QUEEN GUINEVERE
WISE MERLIN
MORGAN LE FEY
RAMUD

NACH SCHIER ENDLOSER ZEIT, IHR WASSER-VORRAT IST ZU ENDE, ERREICHEN SIE EIN WADI, IN DEM SICH EINE OASE BEFINDET.
EISENHERZ' SCHMERZENDER KOPF LÄSST IHN UNVORSICHTIGER ALS SONST SEIN. DAS PFERD, UNGESTÜM ZUM WASSER DRÄNGEND, WIRFT IHN AB.
HAL FOSTER
ALS ALETA IHN ENDLICH FINDET, LIEGT SEIN LEBLOSER KÖRPER IM GERÖLL AM FUSSE DES ABHANGS.
Prinz Eisenherz
HAROLD R FOSTER
AUS EINER WUNDE AM KOPF FLIESST NOCH BLUT. FÜR ALETA EIN ZEICHEN, DASS ER NOCH LEBT.
AUCH OHNE SCHWERT UND RÜSTUNG IST ER EINE RIESIGE LAST FÜR DIE ZIERLICHE KÖNIGIN.
AUF EBENEM BODEN ROLLT SIE IHN AUF DEN UMHANG UND ZIEHT IHN IN DEN SCHATTEN.
DER SONNE VOLL AUSGESETZT WÜRDE ER STERBEN. ALETA MUSS IHN IN DEN SCHATTEN DER OASE BEKOMMEN.
SIE BEREITET IHM EIN LAGER AUS PALM-WEDELN, WÄSCHT UND VERBINDET IHN. DANN ERST NIMMT SIE SICH ZEIT, STOLPERT ZUR QUELLE UND TRINKT.
AM NÄCHSTEN TAG REDET EISEN-HERZ IM FIEBER. SEINE HAUT IST TROCKEN UND HEISS. DIE MALA-RIA, DIE IHN IN DEN PONTINISCHEN SÜMPFEN ERWISCHTE, IST WIEDER DURCHGEBROCHEN! ALETA SCHÜTZT IHN VOR FLIEGEN UND WARTET, WAS DAS SCHICKSAL BRINGEN MAG. FALLS DER WAHNSINNIGE PRINZ STIRBT, IST SIE ALLEINE OHNE NAHRUNG IN DER KARGEN WÜSTE.
HAL FOSTER
AMURATH
THAGNAR
LAUNCELOT
SIR GAWAIN
PRINCE VALIANT
KING ARTHUR
QUEEN GUINEVERE
WISE MERLIN
MORGAN LE FEY
RAMUD

Prinz Eisenherz
HAROLD R FOSTER
EIN GERÄUSCH DER PFERDE LÄSST SIE AUFHORCHEN.
JEMAND KOMMT NÄHER!
EIN ALTES SPRICHWORT SAGT: „IN DER WÜSTE TRIFFT NIEMAND EINEN FREUND." ALETA BRINGT DIE PFERDE WEITER INS WADI HINAUF UND LEGT IHNEN FUSSFESSELN AN.
DIE NÄHERKOMMENDEN GERÄUSCHE LASSEN AUF EINE GRÖSSERE REITERSCHAR SCHLIESSEN. SIE LÄSST SICH WEITER UNTEN IM TAL NIEDER. ALETA BEREITET SICH AUF UNANGENEHMES VOR.
DANN ABER GRÄBT SIE SCHWERT UND JUWELEN EIN. „WARUM VERSTECKE ICH MICH, WENN ICH SOWIESO AM VERHUNGERN BIN?"
EIN TUAREG-PRINZ AUS TIMBUKTU AUF DER REISE NACH CYRENEIKA HAT IN DER OASE RAST GEMACHT. WILDE MUSIK ERKLINGT, UM DIE MÄNNER IHRE EINSAMKEIT VERGESSEN ZU LASSEN.
HAL FOSTER
EINE MÄDCHENSTIMME ERTÖNT: „SPIELT! ICH WERDE FÜR MEIN ABENDESSEN TANZEN!"
ALETA BIETET SICH AN, FÜR NAHRUNGSMITTEL ZU TANZEN.
FURCHTLOS BETRITT SIE DAS LAGER.
DIESE MÄNNER SIND WILDE TUAREGS, UNERSCHROCKEN UND GRAUSAM. AUF DER LANGEN REISE DURCH DIE WÜSTE HÖRTEN SIE NIE DIE STIMME EINER FRAU. MIT GLITZERNDEN AUGEN SCHAUEN SIE ZU.
AMURATH
THAGNAR
LAUNCELOT
SIR GAWAIN
PRINCE VALIANT
KING ARTHUR
QUEEN GUINEVERE
WISE MERLIN
MORGAN LE FEY
RAMUD

ALETA TANZT ZUR MUSIK DER DRÖHNENDEN TROMMELN UND UNHEIMLICHEN FLÖTEN.
WIE ZWEI WEISSE SCHMETTERLINGE HÜPFEN IHRE FÜSSE ÜBER DEN RAUHEN SAND.
SCHWARZE AUGEN, VOLL BEGIERDE SEHEN DER GESTALT DES MÄDCHENS BEIM TANZ ZU.
ALS SIE MEINT, ES SEI GENUG, HÄLT SIE INNE UND WARTET AUF DIE BEZAHLUNG.
HAL FOSTER

AMURATH
THAGNAR
LAUNCELOT
SIR GAWAIN
PRINCE VALIANT
KING ARTHUR
QUEEN GUINEVERE
WISE MERLIN
MORGAN LE FEY
RAMUD

Prinz Eisenherz
UND DIE GOLDENE PRINZESSIN
DAS TROMMELN ERSTIRBT UND DIE TÖNE DER FLÖTE VERKLINGEN.
AUFRECHT STEHT ALETA INMITTEN DER WÜSTENMÄNNER UND SIEHT ZU, WIE NACH UND NACH JEDER EIN GESCHENK ZU IHREN FÜSSEN NIEDERLEGT.
ALLE AUSSER EINEM. M'BELO, DER VERHÄTSCHELTE SOHN DES TUAREG-PRINZEN DENKT AN EIN GANZ BESONDERES GESCHENK. ER VERSCHWINDET IM SCHATTEN DER BÄUME.
ALETA SAMMELT DIE GESCHENKE EIN, LEHNT HILFE AB, UND MACHT SICH AUF DEN WEG ZURÜCK.
M'BELO, VON HAREMSFRAUEN ERZOGEN, HAT NOCH NICHTS VON RITTERLICHKEIT GEHÖRT. ER LEGT SEINE GIERIGEN HÄNDE AUF ALETA, ALS SIE IM MONDLICHT VORBEIGEHT.
„JEMAND, SO SCHÖN WIE DU, VERDIENT NUR DAS BESTE. MEIN GESCHENK FÜR DICH BIN ICH!"
GIERIG UND UNGESTÜM GREIFT ER ZU.
ALETA LÄSST DIE GESCHENKE FALLEN UND GREIFT ZU IHREM VERSTECKTEN DOLCH.
M'BELO WEISS NICHT WIE IHM GESCHIEHT! ER SPÜRT DEN DOLCH AUF DEN RIPPEN, TRITT ZURÜCK UND WIRD IM GESICHT GETROFFEN. DIE LEICHTE MOTTE WIRD ZUR HORNISSE!
AMURATH
THAGNAR
LAUNCELOT
SIR GAWAIN
PRINCE VALIANT
KING ARTHUR
QUEEN GUINEVERE
WISE MERLIN
MORGAN LE FEY
RAMUD

JAMMERND VOR SCHMERZ ZIEHT ER DEN DOLCH. NOCH NIE HAT ES EINE FRAU GEWAGT, SICH IHM ZU WIDERSETZEN! ABER ER TRAF AUCH NOCH KEINE FRAU, DIE SO DARAUF VERSESSEN WAR, IHN ZU TÖTEN!
ER BEKOMMT ES MIT DER ANGST ZU TUN UND FLÜCHTET. IM LAGER JAMMERT ER NACH GERECHTIGKEIT. MAN STRAFT IHN MIT DER VERACHTUNG, DIE ER VERDIENT.
HAL FOSTER
IN IHREM LAGER ANGEKOMMEN, BEKOMMT ALETA WAS SIE VERDIENT: EISENHERZ SCHLÄFT RUHIG... DAS FIEBER IST GEWICHEN.
Prinz Eisenherz
HAROLD R FOSTER
VOR VIELEN MONATEN WURDE EISENHERZ VON EINEM FALLENDEN BALKEN AM KOPF GETROFFEN. SEITHER HAT ER NUR EINES IM SINN: DIE GRAUSAME KÖNIGIN DER NEBELINSELN ZU BESTRAFEN.
ALS ER AUFWACHT, FINDET ER SICH IN EINER EINSAMEN OASE IN DER LIBYSCHEN WÜSTE WIEDER.
ER IST SCHWACH, SEINE GLIEDER SCHMERZEN ABER SEIN KOPF IST KLAR! ER KANN SICH AN ALLES ERINNERN, BIS ER VON DEM HOLZ GETROFFEN WURDE. VON DA AN, ERINNERT ER SICH AN NICHTS MEHR.
„ICH KANN DIR NICHT SAGEN, WAS GESCHAH, BEVOR DU IN MEINEM PALAST AUFTAUCHTEST, AUSSER DAS BERIC GETÖTET WURDE UND DU MIR DIE SCHULD GIBST."
AM NÄCHSTEN TAG FÜHLT SICH DER PRINZ SCHON STÄRKER. ALETA ERZÄHLT IHM ALLES, WAS PASSIERTE. SIE FÜGT NICHTS HINZU, NOCH LÄSST SIE ETWAS AUS.
ALS SIE DIE OASE VERLASSEN WOLLEN, REICHT SIE IHM DIE KETTE: „DU VERSPRACHST MICH AN DER KETTE DURCH ALLE HERRSCHERHÄUSER DER WELT ZU SCHLEIFEN."
HAL FOSTER
„GENAU DAS WERDE ICH TUN", SAGT EISENHERZ RUHIG. WAS EIN RITTER DER TAFELRUNDE GESCHWOREN HAT, IST IHM HEILIG.
AMURATH
THAGNAR
LAUNCELOT
SIR GAWAIN
PRINCE VALIANT
KING ARTHUR
QUEEN GUINEVERE
WISE MERLIN
MORGAN LE FEY
RAMUD

Prinz Eisenherz
HAROLD R FOSTER
OHNE UMSCHWEIFE MACHT ER SICH AUF DEN WEG ZUR KÜSTE. NACHDEM IHR ENTFÜHRER WIEDER ZU SINNEN GEKOMMEN IST, FÜHLT SICH ALETA ERLEICHTERT.
SIE BEGINNT PLÄNE ZU MACHEN.
ES DAUERT NICHT LANGE UND SIE REITEN DIE KÜSTENSTRASSE WESTWÄRTS. HIER GIBT ES STÄDTE, DÖRFER UND VIELE GÄRTEN. ZUM ERSTEN MAL SINGT EISENHERZ WIEDER!
DANN EINES TAGES SCHAUT IHN SEINE GEFANGENE ANKLAGEND AN UND ZEIGT IHM EINE HÄSSLICHE SCHWIELE, DIE VON DEN RAUHEN HANDSCHELLEN RÜHRT.
ALS SIE EINES TAGES IN EINER HAFENSTADT ESSEN, VERLANGT SIE RUHIG: „GIB MIR DIE BÖRSE, ICH BRAUCHE KLEIDER."
„DU WIRST IN LUMPEN GEHEN, WIE ES DIR GEBÜHRT," ERWIDERT DER PRINZ.
EISENHERZ LERNT SCHNELL, WENN EINE FRAU KLEIDER WILL, WILL SIE KLEIDER! SIE ENDET: „... UND, GEIZHALS, WAS FÜR EINE ART RITTER BIST DU, DASS GAR DEINE GEWÖHNLICHSTE GEFANGENE PRAKTISCH NACKT AN DIE ÖFFENTLICHKEIT MUSS?
HAL FOSTER
UND ZUM ERSTEN, ABER NICHT LETZTEN MAL HÖRT MAN DEN PRINZEN MURMELN: „ICH WÜNSCHTE, DASS ICH MEHR ÜBER KÖNIGINNEN WÜSSTE!"
EISENHERZ IST NACHDENKLICH: WEGEN EINER SCHWIELE AM HANDGELENK SEINER GEFANGENEN, BEFESTIGT ER DIE HANDSCHELLE AN SEINEM GELENK, WEIL SIE NEUE KLEIDER MÖCHTE, GIBT ER IHR SEINE BÖRSE...
„ICH SOLLTE IHR WENIGER HÖFLICHKEIT ZEIGEN!" MURMELT ER UND HILFT ALETA AUF DAS PFERD.
„HÖR SICH DAS EINER AN! SIE SINGT!" KNURRT ER, „JEMAND KÖNNTE ANNEHMEN, SIE SEI UNSCHULDIG WIE EIN LAMM, DIESE GRAUSAME HEXE!"
EIN BESORGTER SULTAN REITET DURCH DIE STRASSEN VON BENGASI. ER BRAUCHT DRINGEND GUTE KÄMPFER – DIE WESTGOTEN DRINGEN IN SEIN LAND EIN...

AMURATH
THAGNAR
LAUNCELOT
SIR GAWAIN
PRINCE VALIANT
KING ARTHUR
QUEEN GUINEVERE
WISE MERLIN
MORGAN LE FEY
RAMUD

ER ENTDECKT EINEN STATTLICHEN RITTER UND EINE DAME, DIE SICH VOM STAUB DER REISE BEFREIEN – DIESEN KRIEGER MUSS ER HABEN!
„IN GANZ BENGASI GIBT ES KEINE HERBERGE, DIE GUT GENUG FÜR EUCH WÄRE. BITTE, SEID MEINE GÄSTE FÜR DIE DAUER EURES AUFENTHALTES."
HAL FOSTER
GRIMMIG SIEHT DER PRINZ ZU ALETA. JETZT WIRD ER IHR DEN GEBÜHRENDEN PLATZ ZUWEISEN. „FALLS ES SIE NICHT STÖRT, DASS ICH MEINE GEFANGENE MITNEHME, MEIN HERR?"
Prinz Eisenherz
HAROLD R FOSTER
ALETA AN DER KETTE, BETRITT PRINZ EISENHERZ DEN PALAST.
EISENHERZ FINDET GEFALLEN AN DEM BANKETT. ALETA HAT SICH DAS HAAR NEU GELEGT. UND DAS ESSEN IST AUCH GUT.
PLÖTZLICH FÄLLT DEM PRINZEN EIN, DASS ALETA WENIGER EIN GAST ALS EINE GEFANGENE IST. ER BEFIEHLT IHR ZU TANZEN. EIN MOMENT BLITZT ZORN IN IHREN AUGEN AUF, DANN REICHT SIE IHM DIE KETTE UND DAS HAARBAND...
... STREIFT IHRE SCHUHE AB UND GLEITET ÜBER DEN BODEN. DER SULTAN KOMMT ZUM GESCHÄFT. ER MACHT EISENHERZ EIN GUTES ANGEBOT, FALLS DIESER IHM HILFT, DEN KAMPF GEGEN DIE DROHENDEN WESTGOTEN ZU ORGANISIEREN. DER PRINZ HÖRT KEIN WORT. SCHLIESSLICH RESIGNIERT DER SULTAN: „FALLS DU GLAUBST, DASS SIE DIE GEFANGENE IST, IRRST DU! DU BIST ES!"
HAL FOSTER
EISENHERZ IST ZUFRIEDEN MIT SICH. ER BEFAHL ALETA ZU TANZEN, UND SIE TAT ES. BEZAUBERND ÜBRIGENS!
AMURATH
THAGNAR
LAUNCELOT
SIR GAWAIN
PRINCE VALIANT
KING ARTHUR
QUEEN GUINEVERE
WISE MERLIN
MORGAN LE FEY
RAMUD

Prinz Eisenherz
UND DIE GOLDENE PRINZESSIN
DER PRINZ NIMMT AN, KEINEN ÄRGER MEHR MIT ALETA ZU HABEN.
ALETA ABER IST NOCH ZORNIG. SIE WILL ENDLICH DIE KETTE LOSWERDEN.
BEI DER NÄCHSTEN RAST WIRFT SIE EINEN TEIL DER KETTE ÜBER EISENHERZ' SATTELKNAUF...
...UND GIBT SEINEM PFERD EINEN HEFTIGEN SCHLAG MIT DEM ENDE DER KETTE.
EISENHERZ FAND NIE HERAUS, WAS DA WIRKLICH PASSIERTE. ABER ER MUSSTE EINE VOLLE MEILE RENNEN, BEVOR ER SEIN PFERD UNTER KONTROLLE BEKAM.
„DU BIST WUNDERBAR!" SAGT SIE ALS ER ERSCHÖPFT ZURÜCKKEHRT. „WÄRE ICH DARAN FESTGEMACHT, HÄTTE MICH DAS PFERD ZU TODE SCHLEIFEN KÖNNEN!"
HAL FOSTER
„ZU TODE GESCHLEIFT?" EISENHERZ BEKOMMT ES MIT DER ANGST ZU TUN. ER WIRFT DIE KETTE WEIT WEG!
EINES TAGES MACHEN SIE RAST, UM EIN HALFTER ZU REPARIEREN ALS EISENHERZ FESTSTELLT, DASS ER SEIN MESSER VERLOREN HAT. „NIMM MEINES," SAGT ALETA.
„DU HAST EIN MESSER GEHABT?" FRAGT ER ÜBERRASCHT. „DU HÄTTEST MICH IM SCHLAF TÖTEN KÖNNEN!"
„SO EINE GRAUSAME HEXE..." FÄHRT ER FORT. „GRAUSAME HEXE, GRAUSAME HEXE!" AHMT SIE IHN NACH, „SAG' DAS NOCHMAL UND ICH FANGE AN ZU SCHREIEN!"
„ICH BIN NICHT GRAUSAMER ALS DU GIMPEL! ABER MEINE LEUTE HABEN JAHRHUNDERTE UNTER PIRATEN GELITTEN...
AMURATH
THAGNAR
LAUNCELOT
SIR GAWAIN
PRINCE VALIANT
KING ARTHUR
QUEEN GUINEVERE
WISE MERLIN
MORGAN LE FEY
RAMUD

... WIR HABEN EINEN BEFESTIGTEN HAFEN, DEN ALLE EHRLICHEN LEUTE ANLAUFEN. NUR PIRATEN KOMMEN WIE DU IN VERSTECKTEN BUCHTEN!"
„FALLS DU EINEN KAMPF MIT DEN KÜSTENWACHEN HATTEST, IST'S DEINE SCHULD!"
HAL FOSTER
„UND" FÜGT SIE HINZU UND HEBT DROHEND DEN ZEIGEFINGER. „FALLS DU NOCH EINMAL 'GRAUSAME HEXE' SAGST, VERLIERE ICH DIE NERVEN!"
Prinz Eisenherz
HAROLD R. FOSTER
STUR KLAMMERT SICH EISENHERZ AN SEINEN LETZTEN GLAUBEN.
ER BEHARRT: „DU WENDEST HEXEREI AN, ODER NICHT?" „NATÜRLICH!" SAGT SIE STRAHLEND, „LOCKERE MIR NUR MAL DAS HAAR."
ALETAS HAAR GLÄNZT IN DER SONNE ALS EISENHERZ' RAUHE HÄNDE DURCH IHRE LOCKEN GLEITEN.
SIE STEHT NAHE BEI IHM UND SINGT EIN MUNTERES LIED. ER SIEHT SIE DAS HAAR ARRANGIEREN UND SEIN HERZ SPIELT IHM MERKWÜRDIGE STREICHE.
„UND DIES' IST EINE ART ZAUBEREI, DIE ALLE FRAUEN BENUTZEN KÖNNEN," SIE TRITT AN IHN HERAN, HEBT IHR FRECHES GESICHT UND ZWINKERT IHM ZU.
EISENHERZ' RÜCKKEHR ZUM ZAUBER DIESES SCHLANKEN MÄDCHENS IST GANZ UND FÜR IMMER.
HAL FOSTER
ZUM ERSTEN MAL IN IHREM JUNGEN LEBEN, IST DIE KÖNIGIN SO GRÜNDLICH UND ANGENEHM GEKÜSST WORDEN.
(WIR LASSEN SIE EINE WEILE ALLEIN. DENN WAS LIEBENDE SICH ZU SAGEN HABEN, MAG IHNEN HEILIG SEIN. GEWÖHNLICHEN LEUTEN ABER KOMMT ES NUR WIE HOCHTRABENDER UNSINN VOR.)
AMURATH
THAGNAR
LAUNCELOT
SIR GAWAIN
PRINCE VALIANT
KING ARTHUR
QUEEN GUINEVERE
WISE MERLIN
MORGAN LE FEY
RAMUD

Prinz Eisenherz
HAROLD R. FOSTER
EISENHERZ' ERSTE LIEBE ERTRANK IM MEER UND ER GLAUBTE NIE WIEDER LIEBEN ZU KÖNNEN. SO GLAUBT ER, ALETA HABE IHN VERHEXT. SIE HEILT IHN VON DIESEM GEDANKEN UND WIRD WÄHRENDDESSEN GRÜNDLICH GEKÜSST.
„OH! MEIN LIEBLING", FLÜSTERT SIE, „DU BRAUCHTEST SO LANGE, HERAUSZUFINDEN, WAS ICH DIE GANZE ZEIT WUSSTE!"
„WELCH' HÜBSCHER ANBLICK" DRÖHNT EINE TIEFE STIMME. „ZERLUMPTER HELD UND HÜBSCHES MÄDCHEN SCHWÖREN SICH EWIGE TREUE – WIE ROMANTISCH! DARF ICH MICH VORSTELLEN: DONARDO, HERRSCHER DER RÄUBER VON SARAMAND... WO DIESE JUNGE DAME BALD KOSTBARSTES JUWEL IN MEINEM HAREM SEIN WIRD!"
EISENHERZ WIRD GANZ RUHIG UND SITZT NUR DA, IN IHR SÜSSES GESICHT SCHAUEND. DIE GÖTTER DES OLYMP SCHAUEN HERAB... UND BENEIDEN IHN.
HAL FOSTER
EISENHERZ IST SPRACHLOS, DONARDO FÄHRT FORT:
„ICH WIEDERHOLE", SAGT ER HÖFLICH, „SIE IST ZU SCHÖN FÜR SOLCH EINEN ZERLUMPTEN JUNGEN. SIE WIRD MEINEN HAREM BEREICHERN!"
ALS DAS „SINGENDE SCHWERT" AUS DER SCHEIDE GLEITET, STÖSST DONARDO IN EIN HORN.
DONARDO'S MÄNNER STÜRZEN HERBEI, UM IHREM GRINSENDEN HERRN NICHT ZU MISSFALLEN. SIE BRINGEN EISENHERZ MIT IHREN SPEEREN ZU FALL.
AMURATH
THAGNAR
LAUNCELOT
SIR GAWAIN
PRINCE VALIANT
KING ARTHUR
QUEEN GUINEVERE
WISE MERLIN
MORGAN LE FEY
RAMUD

ER KANN NUR WENIGE ERREICHEN, ABER DIE BLEIBEN AM BODEN.
DONARDO REITET MIT SEINER BEUTE FORT. ER BEFIEHLT: „WERFT DEN JUNGEN DIE KLIPPEN HINUNTER, ER IST EIN LÖSEGELD NICHT WERT."
HAL FOSTER
DEM VERZWEIFELT KÄMPFENDEN JUNGEN WERDEN SCHWERT UND BÖRSE WEGGENOMMEN, UND ER DIE KLIPPEN HINUNTERGEWORFEN.
Prinz Eisenherz
HAROLD R FOSTER
PRINZ EISENHERZ HAT GLÜCK IM UNGLÜCK. HART LANDET ER AN DEN AUSLÄUFERN DER KUPPE.
ALS ER HALT BEKOMMT, IST ER BENOMMEN, ABER NICHTS IST GEBROCHEN.
STUNDEN SPÄTER FINDET ER EINEN WEG HINAUF. DONARDO UND SEINE MÄNNER SIND MIT ALETA UND DEM „SINGENDEN SCHWERT" VERSCHWUNDEN.
AUF DEM KAMPFPLATZ REPARIERT ER EINEN SPEER UND MACHT SICH IN DEN KAMPF GEGEN DONARDO'S TAUSEND MÄNNER AUF.
GEGEN MITTAG MACHEN DONARDO UND SEINE KRIEGER RAST. „WIR WERDEN VERFOLGT," TEILT EINE WACHE MIT.
WEIT HINTEN AUF DER STAUBIGEN STRASSE KOMMT EINE WINZIGE GESTALT IM ROTEN UMHANG NÄHER.
HAL FOSTER
ALS SIE AUFBRECHEN, IST DER ZERLUMPTE RITTER IMMER NOCH EINE HALBE MEILE ENTFERNT. „ICH MAG DIE ENTSCHLOSSENHEIT DES JUNGEN," SAGT DONARDO, „ABER ER IST LÄSTIG. NIMM SEIN SCHWERT, ALI, UND TÖTE IHN!"
AMURATH
THAGNAR
LAUNCELOT
SIR GAWAIN
PRINCE VALIANT
KING ARTHUR
QUEEN GUINEVERE
WISE MERLIN
MORGAN LE FEY
RAMUD

Prinz Eisenherz
UND DIE GOLDENE PRINZESSIN
EISENHERZ HAT NUR EIN ZIEL: ALETA ZU BEFREIEN UND DEN ENTFÜHRER ZU BESTRAFEN!
DER PRINZ SIEHT DEN REITER MIT DEM „SINGENDEN SCHWERT" HERANREITEN UND BEREITET SICH VOR.
ER LEGT EINEN GROSSEN STEIN IN DEN UMHANG, BEFESTIGT DEN SPEER IN EINER SPALTE UND STELLT SICH DAVOR.
EISENHERZ SPRINGT EINIGE SCHRITTE ZURÜCK, DAS PFERD KANN NICHT AUSWEICHEN UND RENNT IN DEN SPEER. ROSS UND REITER STÜRZEN. GLEICH DANACH WECHSELT DAS SCHWERT WIEDER DEN BESITZER.
ALETA LIEGT MIT WEIT GEÖFFNETEN AUGEN IM BEWACHTEN ZELT. ZWEI DINGE WEISS SIE SICHER: EISENHERZ WIRD VERSUCHEN SIE ZU BEFREIEN ODER STERBEN UND DASS SIE NIEMALS DONARDO'S HAREMS-DAME WIRD.
IN DEN NACHTSTUNDEN HAT EISENHERZ DIE GRUPPE EINHOLEN KÖNNEN. DER ENTSCHLOSSENE KRIEGER WIRD DEN MÄNNERN UNHEIMLICH.
HAL FOSTER
DONARDO ENTSENDET ZWEI BERITTENE LANZENTRÄGER, UM EISENHERZ ZU TÖTEN. „DEIN GELIEBTER IST HARTNÄCKIG!" SAGT ER BEWUNDERND ZU ALETA. „MÖGLICHERWEISE WIRD ER DIE EHRE HABEN, VON MIR GETÖTET ZU WERDEN!"
DER ANBLICK ALETA'S VERLEIHT EISENHERZ KRAFT.
ER STELLT SICH NEBEN EINEN FELSBROCKEN, SO DASS NUR EINER ZUR GLEICHEN ZEIT ANGREIFEN KANN.
WIEDER LEGT ER EINEN STEIN IN DEN UMHANG, SCHWINGT IHN VOR UND ZURÜCK...
...UND WIRFT IHN DEM NÄCHSTEN PFERD AN DEN KOPF! DAS PFERD KOMMT AUS DEM GALOPP.
AMURATH
THAGNAR
LAUNCELOT
SIR GAWAIN
PRINCE VALIANT
KING ARTHUR
QUEEN GUINEVERE
WISE MERLIN
MORGAN LE FEY
RAMUD

HAL FOSTER
DIE LANZE VERFEHLT IHR ZIEL UND DAS „SINGENDE SCHWERT" KREISCHT DURCH DIE MORGENLUFT UND VERFEHLT SEIN ZIEL NICHT.
EISENHERZ ERWARTET DEN ENTSCHLOSSENEN ANGRIFF DES ZWEITEN KRIEGERS. ER HEBT DEN UMHANG MIT DEM BLUTIGEN SCHWERT, UND KONZENTRIERT SICH AUF SEINE CHANCE.
Prinz Eisenherz
HAROLD R FOSTER
IN VOLLEM GALOPP NÄHERT SICH DER ZWEITE KRIEGER.
EISENHERZ WIRFT DEM PFERD DEN ROTEN UMHANG AN DEN KOPF.
ABER DER LANZENTRÄGER WAR DURCH DEN TOD SEINES GEFÄHRTEN GEWARNT UND MEIDET DIE NÄHE DES SCHRECKLICHEN, GROSSEN SCHWERTES.
EISENHERZ NUTZT DEN KOSTBAREN AUGENBLICK UND SCHWINGT SICH IN DEN GERADE GELEERTEN SATTEL.
EIN SPEER IST IM NAHKAMPF EINE NUTZLOSE WAFFE. BEVOR DER LANZENREITER DAS ERKENNT UND SICH IN BEWEGUNG SETZEN KANN, IST ES ZU SPÄT.
ALS DONARDO DAS DRITTE MAL ZURÜCKBLICKT UND SEINEN ENTSCHLOSSENEN FEIND ERBLICKT, LÄCHELT ER NICHT MEHR. DIESES MAL ENTSENDET ER VIER KRIEGER!
HAL FOSTER
UNTER IHNEN LIEGT DONARDO'S WEISSE STADT, SARAMAND. ALETA SCHAUT ZU IHREM HERANREITENDEN GELIEBTEN UND LÄCHELT ZUVERSICHTLICH. NICHT EINMAL DIE TURMHOHEN MAUERN WERDEN IHN AUFHALTEN KÖNNEN.
AMURATH
THAGNAR
LAUNCELOT
SIR GAWAIN
PRINCE VALIANT
KING ARTHUR
QUEEN GUINEVERE
WISE MERLIN
MORGAN LE FEY
RAMUD

Prinz Eisenherz
HAROLD R FOSTER
ALETA UND DONARDO SEHEN VON EINEM HÜGEL ZU, WIE SICH DIE VIER REITER PRINZ EISENHERZ NÄHERN.
IN VOLLEM GALOPP PEITSCHT EISENHERZ DAS ZWEITE PFERD IN DIE MITTE SEINER FEINDE.
EINER WIRD VON SEINEN GEFÄHRTEN GETRENNT, UND DIESEN GREIFT DER PRINZ AN.
KÖNIG ARTHUR'S RITTER SIND IN TURNIERKÄMPFEN GUT AUSGEBILDET. EINER DER ANGREIFER „TRÄGT" JETZT EISENHERZ' SPEER, ALLERDINGS SEHR UNGEMÜTLICH.
HAL FOSTER
DER PRINZ WENDET SICH PLÖTZLICH UND BEVOR DER NÄCHSTE REITER SICH ENTSCHLIESSEN KANN, WAS ZU TUN IST, IST ES AUS MIT IHM.
EISENHERZ HÄLT DEN SCHWERTTRAGENDEN DRITTEN ZWISCHEN SICH UND NUMMER VIER UND DAS „SINGENDE SCHWERT" FINDET SEINEN WEG DURCH SCHILD UND HELM.
DER VIERTE GREIFT AN ABER EISENHERZ DREHT AB UND FLIEHT.
EISENHERZ ERLAUBT DEM LETZTEN KRIEGER NÄHERZUKOMMEN.
ALS ER FAST HERAN IST, BLITZT DAS SCHWERT ZWEI MAL AUF.
DER ERSTE SCHLAG KÖPFT DIE SPEERSPITZE. ANGST LEUCHTET IN DEN AUGEN DES VERFOLGERS AUF. ER WEISS PLÖTZLICH, DASS DER ZWEITE SCHLAG WEDER VON SCHILD NOCH HELM GESTOPPT WERDEN KANN.
PRINZ EISENHERZ NIMMT ERNEUT DIE VERFOLGUNG AUF. ALS ER DIE BEWEHRTE STADT SIEHT, SCHREIT ER VOR WUT AUF.
AMURATH
THAGNAR
LAUNCELOT
SIR GAWAIN
PRINCE VALIANT
KING ARTHUR
QUEEN GUINEVERE
WISE MERLIN
MORGAN LE FEY
RAMUD

VON WEITEM SIEHT ER ALETA DURCH DAS RIESIGE TOR REITEN. EIN TUCH WEHT IM WIND UND SCHON SCHLIESSEN SICH DIE TORFLÜGEL. EISENHERZ WEISS JETZT, WAS SCHMERZ WIRKLICH IST.
AUCH DONARDO HAT ZURÜCKGESCHAUT. „ICH GLAUBE, DEIN HARTNÄCKIGER KNABE WIRD UNS NOCH ÄRGER MACHEN UND UNS VIELE AMÜSANTE STUNDEN BESCHEREN!"
HAL FOSTER
FAST VERRÜCKT VOR SCHMERZ SITZT EISENHERZ BEWEGUNGSLOS AUF DEM PFERD UND SIEHT DAS GESCHLOSSENE TOR. DER GROSSE JUNGE, DER AUS EINEM VERSTECK TRAT, MUSS IHN ZWEIMAL ANSPRECHEN.
Prinz Eisenherz
HAROLD R FOSTER
EISENHERZ WENDET SICH DEM JUNGEN MANN ZU.
„ICH BIN RAMUD VON TUNIS. ICH SAH ALLES. AUCH ICH HABE GRUND, DONARDO ZU HASSEN."
„DONARDO RAUBTE MIR DIE GELIEBTE FÜR SEINEN HAREM. ICH WARTE AUF DEN TAG DER RACHE! ABER ICH ALLEINE BIN MACHTLOS, DENN WAS IST EIN SPEER GEGEN DIE MAUERN VON SARAMAND?"
DER JUNGE GEFÄLLT EISENHERZ. AUF DEM SCHLACHTFELD SAMMELN SIE PFERDE UND WAFFEN EIN.
DANN FÜHRT RAMUD DEN PRINZEN ZU SEINER VERSTECKTEN HÜTTE IN EINEM WALD VON KORK-EICHEN. „ES GIBT VIELE MÄNNER, DIE WIE ICH DARAUF WARTEN, DEN LACHENDEN TEUFEL GERECHTIGKEIT ZU LEHREN!"
„DREI KÖNIGREICHE HAT DONARDO EROBERT. SIE MÜSSEN IHM TRIBUT LEISTEN. DIE KÖNIGE SIND EINZELN MACHTLOS, VEREINIGEN WOLLEN SIE SICH NICHT. SO SEHR SIE DONARDO HASSEN, SO SEHR MISSTRAUEN SIE SICH."
HAL FOSTER
EISENHERZ SPRINGT AUF DIE FÜSSE. HOFFNUNGSVOLL UND ENTSCHLOSSEN RUFT ER: „WIR KÖNNEN VIER MÄNNER BEWAFFNEN, BRING SIE MIR. HEUTE FANGEN WIR DEN KRIEG GEGEN SARAMAND AN!"
AMURATH
THAGNAR
LAUNCELOT
SIR GAWAIN
PRINCE VALIANT
KING ARTHUR
QUEEN GUINEVERE
WISE MERLIN
MORGAN LE FEY
RAMUD

Prinz Eisenherz
UND DIE GOLDENE PRINZESSIN
RAMUD GEHT UND KEHRT NACH EINIGER ZEIT MIT VIER MÄNNERN ZURÜCK.
„DU WOLLTEST VIER MÄNNER, HIER SIND SIE!" SAGT RAMUD, „SIE ALLE HEGEN EINEN TÖDLICHEN HASS GEGEN DONARDO!"
WAFFEN UND AUSRÜSTUNG WERDEN GEREINIGT UND REPARIERT. DANN MACHT SICH EISENHERZ AN DER SPITZE SEINER KLEINEN „ARMEE" AUF DEN WEG IN DAS NÄCHSTLIEGENDE KÖNIGREICH.
Hal Foster
ER DURCHQUERT DIE AUDIENZ-HALLE UND GEHT GERADEWEGS AUF KÖNIG ALFGAR'S THRON ZU. SELBSTSICHER BLICKT ER DEM KÖNIG IN DIE AUGEN UND SAGT LANGSAM: „WIE LANGE NOCH WOLLT IHR, DU UND DEIN NACHBAR KÖNIG HAKIM, EUCH VOR DEM PIRATEN DONARDO VOR ANGST VERKRIECHEN UND IHM TRIBUT ZAHLEN? IHR ERBLEICHT, WENN IHR NUR SEINEN NAMEN HÖRT! ZUSAMMEN KÖNNT IHR, ALFGAR UND HAKIM, SARAMAND, DAS UNERMESSLICHE SCHÄTZE BIRGT, MIT LEICHTIGKEIT EINNEHMEN!"
KÖNIG ALFGAR LÄSST OB DES FRECHEN AUFTRETENS DES PRINZEN NICHT DEN HENKER KOMMEN. IMMER WIEDER GEHT IHM EIN SATZ DURCH DEN KOPF:
„SARAMAND BIRGT UNERMESSLICHE SCHÄTZE."
„DONARDO UNTERWARF MEINE ARMEE UND VERWÜSTETE MEIN LAND," WIDERSPRICHT DER KÖNIG, „DAS GLEICHE TAT ER MIT KÖNIG HAKIM."
„IHR MÜSST AUCH BEIDE DONARDO EINEN RUINÖSEN TRIBUT ZAHLEN," FÜGT EISENHERZ HINZU, „NUR WENN IHR EURE ARMEEN VEREINIGT, KÖNNT IHR DONARDO BESIEGEN. SOLLEN WIR MIT HAKIM SPRECHEN?"
AMURATH
THAGNAR
LAUNCELOT
SIR GAWAIN
PRINCE VALIANT
KING ARTHUR
QUEEN GUINEVERE
WISE MERLIN
MORGAN LE FEY
RAMUD

AUF EINEM OFFENEN FELD TREFFEN SICH DIE BEIDEN KÖNIGE. SIE TRAUEN SICH GEGENSEITIG NICHT: DIE BEIDEN HEERE STEHEN SICH GEGENÜBER.
DIE GIER NACH SARAMAND'S REICHTÜMERN IST IHNEN GEMEIN. JETZT TAUCHT DIE FRAGE AUF, WER DER FÜHRER SEIN WIRD. EISENHERZ SPRINGT AUF DIE FÜSSE. „SCHLUSS MIT DER WORTKLAUBEREI!" DONNERT ER, „WENN IHR EUCH MISSTRAUT UND BEIDE ANGST VOR DONARDO HABT, GIBT'S NUR EINEN! ICH WERDE DIE ARMEEN FÜHREN!"
HAL FOSTER
Prinz Eisenherz
HAROLD R FOSTER
WÄHREND EISENHERZ DIE KÖNIGE ÜBERREDET, IHM DIE ARMEEN ZU UNTERSTELLEN, IST ALETA IN DONARDO'S HAREM.
BEWUNDERND HELFEN IHR DIENERINNEN BEI DER LÄNGST ÜBERFÄLLIGEN SCHÖNHEITSPFLEGE.
ALS DONARDO SEIN NEUES SPIELZEUG RUFEN LÄSST, FOLGT ALETA. GEHORSAM STEHT SIE VOR IHM, ALS SEINE FRECHEN AUGEN IHRE SCHÖNHEIT BEWUNDERN.
ALS ER SIE KÜSST, WEHRT SIE SICH NICHT. ALETAS AUGEN BLEIBEN KALT. IHRE SUCHENDEN FINGER FINDEN SEINEN DOLCH.
„DU KLEINE NÄRRIN", LACHT DONARDO. „DARAUF WAR ICH VORBEREITET. EIN SCHRECKLICHER TOD SOLL DEINE BELOHNUNG SEIN!"
RUHIG, FAST FREUNDLICH SPRICHT ALETA: „ICH LIEBE PRINZ EISENHERZ MIT GANZEM HERZEN. NUR MIT GEWALT WIRST DU MICH NEHMEN KÖNNEN ... UND ZUR GLEICHEN STUNDE WERDE ICH MICH TÖTEN."
„FORT! GEH' IN DEINE GEMÄCHER!" DONNERT DONARDO IN AUFWALLENDEM ZORN. DER GROSSE DONARDO, BEHANDELT WIE EIN BAUERNJUNGE! ABER ER WEISS, DASS SIE DIE WAHRHEIT SAGT.
HAL FOSTER
AMURATH
THAGNAR
LAUNCELOT
SIR GAWAIN
PRINCE VALIANT
KING ARTHUR
QUEEN GUINEVERE
WISE MERLIN
MORGAN LE FEY
RAMUD

Prinz Eisenherz
HAROLD R. FOSTER
DONARDO GEHT UNRUHIG UMHER. ER WUNDERT SICH, ÜBER WELCHE MACHT ALETA VERFÜGT, IHN SO AUS DER FASSUNG ZU BRINGEN. AM MEISTEN STÖRT IHN, DASS ER NICHTS DAGEGEN TUN KANN!
BISHER HATTE DONARDO ÜBER JEDEN GEGNER TRIUMPHIERT. UND AUCH HIER WIRD ER TRIUMPHIEREN! DAS KLEINE MÄDCHEN WIRD IHN LIEBEN LERNEN. ER RUFT SIE ZU SICH.
„ICH WERDE KEINE GEWALT ANWENDEN," SAGT ER. „WIR HABEN SEHR VIEL ZEIT, DENN DU WIRST FÜR DEN REST DEINES LEBENS HIER BLEIBEN!"
„ES WÄRE BESSER, DU LIESSEST MICH GEHEN," ERWIDERT ALETA UND LEGT IHM FAST MÜTTERLICH EINE HAND AUF DIE SCHULTER. „DU MACHST DICH UNGLÜCKLICH, DENN MEIN PRINZ WIRD KOMMEN, DICH TÖTEN UND SARAMAND ZERSTÖREN."
LAUT LACHT DONARDO AUF, DA KOMMT EIN SPION UND TEILT IHM MIT: „DIE ARMEEN KÖNIG ALFGAR'S UND HAKIM'S, SIND VON EINEM NORDISCHEN RITTER GELEITET IM ANMARSCH! ER HEISST PRINZ EISENHERZ!"
HAL FOSTER
AUF DEN GROSSEN MAUERN BEREITET DONARDO DIE VERTEIDIGUNG VOR. ALETA IST VERGESSEN.

Prinz Eisenherz
HAROLD R. FOSTER
HEFTIG PROTESTIEREN DIE KÖNIGE GEGEN EISENHERZ' ANSPRUCH. „ICH WERDE DEN ANGRIFF LEITEN!" WIEDERHOLT ER RUHIG. „INFORMIERT EURE OFFIZIERE, DAS ICH KOMMANDIEREN WERDE!"
„DONARDOS ENDE IST ÜBERFÄLLIG; DER GRINSENDE SCHURKE WIRD VON MEINER HAND FALLEN. SOLL ICH EURE ARMEEN FÜHREN ODER DIE ARMEEN ZWEI ANDERER KÖNIGE?"

AMURATH
THAGNAR
LAUNCELOT
SIR GAWAIN
PRINCE VALIANT
KING ARTHUR
QUEEN GUINEVERE
WISE MERLIN
MORGAN LE FEY
RAMUD

SCHNELL WILLIGEN ALFGAR UND HAKIM EIN. DIE OFFIZIERE MURREN: „WER LÄSST SICH VON DEM ZERLUMPTEN JUNGEN BEFEHLE ERTEILEN?"
SCHON BALD ERKENNEN SIE, DASS DER PRINZ SEIN HANDWERK VERSTEHT. VERSORGUNGS- UND NACHRICHTENTRUPPS WERDEN ORGANISIERT, BELAGERUNGSMASCHINEN GEBAUT, DIE ARMEEN VEREINIGT UND JEDER OFFIZIER KENNT SEINE AUFGABE... DANN WIRD DIE STADT UMZINGELT.
HAL FOSTER
COPR. 1945, KING FEATURES SYNDICATE, Inc. WORLD RIGHTS RESERVED
Prinz Eisenherz
HAROLD R FOSTER
EISENHERZ REITET VOR DAS TOR UND VERLANGT ALETA ODER ER WERDE DIE STADT IN STAUB VERWANDELN.
„WAS DONARDO HABEN WILL, HOLT ER SICH. WAS ER HAT, BEHÄLT ER!" DONNERT DONARDO. „FANG AN MIT DEINEM KLEINEN KRIEG! ES WIRD SPASS MACHEN DEINE MÄNNER ABZUSCHLACHTEN UND DICH DANN ZU FOLTERN!"
DER PRINZ GIBT EIN ZEICHEN UND DIE KATAPULTE BEGINNEN IHR WERK.
ALETA HÖRT DIE SCHLACHTGERÄUSCHE UND IHRE AUGEN WEITEN SICH HOFFNUNGSVOLL: PRINZ EISENHERZ IST AUF DEM WEG!
ABER DONARDO IST EIN VERWEGENER, ERFAHRENER FÜHRER. ER MACHT NÄCHTLICHE AUSFÄLLE UND SETZT DIE KAMPFMASCHINEN IN BRAND, BEVOR ER SICH ZURÜCKZIEHT.
HAL FOSTER
EISENHERZ LÄSST SEINE MÄNNER AN WEIT AUSEINANDERLIEGENDEN STELLEN ANGREIFEN, UM DONARDO'S LEUTE UNENTWEGT ZU BESCHÄFTIGEN!
AMURATH
THAGNAR
LAUNCELOT
SIR GAWAIN
PRINCE VALIANT
KING ARTHUR
QUEEN GUINEVERE
WISE MERLIN
MORGAN LE FEY
RAMUD

Prinz Eisenherz
UND DIE GOLDENE PRINZESSIN
PRINZ EISENHERZ GIBT KEINE RUHE, SOLANGE ER ALETA IN DONARDO'S HÄNDEN WEISS.
NACH JEDEM ABGESCHLAGENEN ANGRIFF TAUCHT DONARDO AUF DEN ZINNEN AUF UND VERHÖHNT DIE ANGREIFER.
BEI ANBRUCH DER MORGENDÄMMERUNG WERDEN SELTSAME KRIEGSMASCHINEN HERANGEFAHREN.
SIE ROLLEN BIS ZUM BURGGRABEN, DIE MÄNNER UNTER IHNEN SIND VOR BOGENSCHÜTZEN GESCHÜTZT.
GROSSE GEGENGEWICHTE RICHTEN DIE MASCHINEN AUF UND LEHNEN SIE AN DIE MAUERN.
ALS ERSTER ERSCHEINT EISENHERZ UND WIRFT SICH MIT DEM RUF: „FÜR ALETA!" INS SCHLACHTGETÜMMEL.
HAL FOSTER
ABER DONARDO WEISS SICH ZU HELFEN! AN DEN ENDEN DER MAUER FLACKERN GROSSE ÖLFEUER UND VON NAHEGELEGENEN TÜRMEN KOMMT EIN PFEILHAGEL. EISENHERZ BEFIEHLT DEN RÜCKZUG!
SOBALD DIE ANGREIFER SICH ZURÜCKGEZOGEN HABEN, LÄSST DONARDO DIE HOLZKONSTRUKTION IN BRAND SETZEN.
EISENHERZ UND SEINE OFFIZIERE SEHEN IHRE TÜRME IN FLAMMEN AUFGEHEN!
VOM ERFOLG BERAUSCHT, BRINGT DONARDO ALETA AUF DIE MAUER. „SCHAU HER, EISENHERZ!" DRÖHNT ER, „SIEH DIE BELOHNUNG FÜR DEN SIEGER!"
MIT KLOPFENDEM HERZEN SIEHT EISENHERZ ALETA INMITTEN DER KRIEGSTRÜMMER. ER TRITT AN DEN BURGGRABEN UND RUFT IHR ZU: „GEDULDE DICH NOCH EIN WENIG, ICH KOMME BALD!"
AMURATH
THAGNAR
LAUNCELOT
SIR GAWAIN
PRINCE VALIANT
KING ARTHUR
QUEEN GUINEVERE
WISE MERLIN
MORGAN LE FEY
RAMUD

„MEIN HERZ GEHÖRT NUR DIR," ANTWORTET ALETA, „FÜR DICH WARTE ICH BIS ZUM ENDE ALLER ZEITEN!" WÜTEND ZIEHT DONARDO SIE ZURÜCK. ER WOLLTE EISENHERZ ENTMUTIGEN, NICHT ERMUTIGEN!
DONARDO WINKT BOGENSCHÜTZEN ZURÜCK, DIE DEN PRINZEN MIT SICHERHEIT GETROFFEN HÄTTEN. „DER LIEBESKRANKE NARR", KNURRT ER, „ER SOLLTE MICH NICHT REIZEN!"
HAL FOSTER
RUHELOS WANDERT DONARDO DURCH DEN HAREM. NUR EIN MÄDCHEN BEKOMMT ER NICHT! ZUM ERSTEN MAL IN SEINEM LEBEN FÜHLT ER SICH EINSAM UND OHNE FREUNDE.
Prinz Eisenherz
HAROLD R FOSTER
DIE ANGREIFER GEBEN EINIGE TAGE RUHE.
DONARDO SIEHT, DASS ERDARBEITEN VERRICHTET WERDEN, UND DASS FIEBERHAFT HINTER EINER WAND AUS FELLEN, AUSSER REICHWEITE DER BOGENSCHÜTZEN, GEARBEITET WIRD. ER WIRD SEHR, SEHR NEUGIERIG...
...WAS EISENHERZ BEABSICHTIGT HAT. DREI NÄCHTE LIEGEN ER UND SEINE MÄNNER AUF DER LAUER. SIE SIND DUNKEL GEKLEIDET UND DIE WAFFEN SCHWARZ ANGESTRICHEN. SO SIND SIE FAST UNSICHTBAR IN DER DUNKELHEIT
DANN, IN DER VIERTEN NACHT, ÖFFNEN SICH DIE TORE UND HERAUS STÜRMT DONARDO MIT EINEM STOSSTRUPP, UM DEN DAMMBAU ZU ERKUNDEN.
HINTER DEN GEHEIMNISVOLLEN FELLWÄNDEN SIND NUR UNBRAUCHBARE BELAGERUNGSMASCHINEN. „EINE FALLE!" SCHREIT DONARDO UND BEFIEHLT DEN RÜCKZUG!
ABER EISENHERZ UND SEINE SCHWARZGEKLEIDETEN KRIEGER SIND ZWISCHEN IHM UND DER STADT! DER KAMPF IST HART UND VERZWEIFELT. KEINER ENTKOMMT!
HAL FOSTER
MAN HAT NUR EINEN GEFANGENEN GEMACHT. DONARDO WIRD DEM SIEGER VORGEFÜHRT!
AMURATH
THAGNAR
LAUNCELOT
SIR GAWAIN
PRINCE VALIANT
KING ARTHUR
QUEEN GUINEVERE
WISE MERLIN
MORGAN LE FEY
RAMUD

Prinz Eisenherz
HAROLD R FOSTER
AM MORGEN, NACHDEM PRINZ EISENHERZ DONARDO GEFANGENNAHM, WIRD ALETA ZUM GEMACH SADONIA'S, DONARDO'S GEMAHLIN UND HERRSCHERIN BEFOHLEN. „DU ALSO BIST ALETA VON DEN NEBELINSELN. BIS DU KAMST, HAT DONARDO MICH AUF SEINE ART GELIEBT, DANN HATTE ER NUR NOCH AUGEN FÜR DICH! DONARDO KEHRTE NICHT ZURÜCK – DAS HEISST, DASS MEIN SOHN NUN HERRSCHER IST!"
„WEISST DU, WAS DAS HEISST?" FRAGT DIE DÜSTERE SCHÖNHEIT. „JA, ICH WEISS ES", SAGT ALETA RUHIG, „EINE HERRSCHERIN DULDET KEINE RIVALIN UND DU WILLST AUCH VERGELTUNG!"
„WIE WAHR!" SCHNARRT DONARDO'S SOHN, „ICH PERSÖNLICH WERDE DEINE FOLTER BEAUFSICHTIGEN, UND WAS VON DIR ÜBRIG BLEIBT PRINZ EISENHERZ ÜBERREICHEN!" ALETA SCHAUT DEN SCHWÄCHLING AN UND WEISS, DASS ER ES ERNST MEINT.
„JA", STIMMT SIE ZU, „DAS WIRST DU TUN. DEINE BELOHNUNG FÜR DIE GRAUSAMKEITEN WIRD GENAUSO UNGEMÜTLICH SEIN!"
HAL FOSTER
„WAS GESCHIEHT MIT MIR?" FRAGT DONARDO SEINEN GEGNER. „ICH WERDE DICH DEN KÖNIGEN ALFGAR UND HAKIM ÜBERGEBEN" SAGT EISENHERZ. „UND WAS IST MIT ALETA? DENK NACH, EISENHERZ, DENK NACH!"
„ALFGAR UND HAKIM WERDEN MICH SEHR LANGSAM TÖTEN," FÄHRT DONARDO FORT, „WÄHRENDDESSEN IST ALETA IN DEN GRAUSAMEN HÄNDEN MEINES SCHWÄCHLICHEN SOHNES... ER WIRD SICH AN IHR SCHADLOS HALTEN!"
„NUR FURCHT HAT MEINE GEMAHLIN ZURÜCKGEHALTEN ALETA ZU VERGIFTEN... DENK NACH, EISENHERZ!" EISENHERZ WEISS NUR ZU GUT, DASS DONARDO DIE WAHRHEIT SPRICHT.
AMURATH
THAGNAR
LAUNCELOT
SIR GAWAIN
PRINCE VALIANT
KING ARTHUR
QUEEN GUINEVERE
WISE MERLIN
MORGAN LE FEY
RAMUD

OHNE EINEN KOMMENTAR STEHT ER AUF, NIMMT DEM GEFANGENEN DIE FESSELN AB UND GELEITET IHN SICHER ZU DEN TOREN DER STADT!
DONARDO SIEHT ZU, WIE SICH SEIN FEIND ZURÜCKZIEHT! „NARR! DU HOCHHERZIGER, PRACHTVOLLER NARR! WEGEN ZWEI GRAUER AUGEN MUSST DU NUN DIE RACHE ZWEIER KÖNIGE FÜRCHTEN!"
HAL FOSTER
IN EINEM PALAST, WEI´ VOM SCHLACHTFELD ENTFERNT, ERHALTEN ZWEI KÖNIGE NACHRICHT VON DONARDO'S GEFANGENNAHME UND FREILASSUNG.
Prinz Eisenherz
HAROLD R FOSTER
EISENHERZ BEREITET SICH AUF UNANNEHMLICHKEITEN VOR. ER LÄSST RAMUD UND SEINE ERSTEN VIER MÄNNER ZU SICH KOMMEN.
„WIR HABEN DEN KRIEG GEGEN DONARDO ANGEFANGEN, UND WIR WERDEN IHN FORTFÜHREN", TEILT ER IHNEN MIT, „ICH GEHE JETZT ZU ALFGAR UND HAKIM."
ANGST, VEREITELTE GIER UND WUT VERWANDELN ZWEI KÖNIGE IN WILDE MÄNNER. SIE BESCHIMPFEN IHN, KLAGEN IHN DES VERRATS AN UND ZIEHEN IHRE ARMEEN ZURÜCK. „HÖRT MIR ZU," DONNERT EISENHERZ, „ICH SCHWOR SARAMAND EINZUNEHMEN UND DONARDO ZU TÖTEN, UND GENAU DAS WERDE ICH TUN! ABER IHR VERLIERT EUREN ANTEIL AN DER BEUTE!"
ER KEHRT ZUR ARMEE ZURÜCK. „ICH KÄMPFE WEITER! OBWOHL EURE KÖNIGE EUCH NACH HAUSE BEFOHLEN HABEN, WERDE ICH DIE ANFÜHREN, DIE BLEIBEN WOLLEN. ES WIRD SCHWER, ABER DIE SCHÄTZE SARAMAND'S WERDEN UNSER SEIN!"
DIE GETREUEN WERDEN AUSGESANDT, NEUE KRIEGER ZU REKRUTIEREN, WÄHREND EISENHERZ VON EINEM HÜGEL BEOBACHTET, WIE DONARDO'S REITER DAS SCHLACHTFELD BESETZEN.
HAL FOSTER
EISENHERZ FÜHLT, DASS IHM VIELE FOLGEN WERDEN, ABER ES WIRD NICHT LÄNGER EINE GUT AUSGERÜSTETE ARMEE SEIN. EISENHERZ BEOBACHTET SARAMAND SORGFÄLTIG UND MACHT PLÄNE.
AMURATH
THAGNAR
LAUNCELOT
SIR GAWAIN
PRINCE VALIANT
KING ARTHUR
QUEEN GUINEVERE
WISE MERLIN
MORGAN LE FEY
RAMUD

Prinz Eisenherz
HAROLD R FOSTER
SADONIA UND IHR SOHN, URICK, ERWARTEN DIE NACHRICHT VON DONARDO'S TOD. DASS SEINE FEINDE IHM GNADE GEWÄHREN KÖNNTEN, IST FÜR SIE UNVORSTELLBAR.
SADONIA IST EHRGEIZIG, IMMER SCHON WAR SIE MACHTGIERIG. URICK WIRD HERRSCHER SEIN, UND DURCH DIESEN SCHWÄCHLING WIRD SIE AN DIE MACHT KOMMEN, DIE WIRKLICHE HERR-SCHERIN SEIN.
DONARDO KOMMT IN DEN PALAST STOLZIERT. ER PRAHLT DAMIT, WIE ER EISENHERZ ÜBERLISTET HAT. ALETAS KÜHLER BLICK LÄSST IHN VERSCHÄMT INNEHALTEN. „DEIN ZERLUMPTER GELIEBTER LIESS MICH GEHEN, UM DICH ZU BESCHÜTZEN", SAGT ER DEMÜTIG, „UND DAFÜR WERDEN IHN DIE BEIDEN KÖNIGE HÄNGEN LASSEN."
„IN DER EINSAMEN STUNDE DES TODES, SOLLTE ICH BEI IHM SEIN", FLÜSTERT ALETA UND STELLT ZUR GLEICHEN ZEIT FEST, DASS NUR DONARDO'S HÜBSCHE PAGEN DEN GUT BEWACHTEN HA-REM BETRETEN UND VERLASSEN DÜRFEN.
DANN IST SIE EIFRIG MIT NADEL UND FA-DEN UND ARRANGIERT IHR HAAR.
HAL FOSTER
IN DER HITZE DER MITTAGSSONNE VER-LÄSST EIN HÜBSCHER PAGE LEICHTFÜSSIG DEN PALAST UND VERSCHWINDET IN DEN ENGEN GASSEN.
UNERKANNT VERLÄSST ALETA DEN PALAST DONARDOS.
DIE HEISSESTE ZEIT DES TAGES MACHT ALLE SCHLÄFRIG.
ALLE TORE DER STADT SIND GESCHLOSSEN UND BEWACHT. EISENHERZ UND SEINE WACHSENDE TRUPPE STREIFEN DURCH DIE BERGE.
SIE SIND NICHT GENUG, SICH EINER SCHLACHT ZU STELLEN, ABER GENUG UM IM LAND DIE VERSORGUNGSTRUPPS GEFANGEN ZU NEHMEN.
AMURATH
THAGNAR
LAUNCELOT
SIR GAWAIN
PRINCE VALIANT
KING ARTHUR
QUEEN GUINEVERE
WISE MERLIN
MORGAN LE FEY
RAMUD

„WIR KÖNNEN DIE STADT NICHT AUSHUNGERN. SARAMAND IST EINE HAFENSTADT UND KANN ÜBER DEN SEEWEG VERSORGT WERDEN. TROTZDEM... RAMUD! RUF' DIE FÜHRER ZUSAMMEN!"
„DONARDO FÜRCHTET VON DER SEE AUS KEINEN ANGRIFF, WEIL SEINE PIRATENFLOTTE DIE STÄRKSTE DER KÜSTE IST," ERKLÄRT EISENHERZ. „VIELLEICHT IST ER UNVORSICHTIG GEWORDEN. HAT JEMAND EINEN VORSCHLAG?" „JA, MEIN PRINZ," SAGT RAMUD, ERHEBT SICH UND NIMMT DEN UMHANG VON DEN SCHULTERN, „WIR BRAUCHEN INFORMATIONEN ÜBER DIE HAFENVERTEIDIGUNG. MIT DEINER ERLAUBNIS WERDE ICH SCHWIMMEN GEHEN!"
HAL FOSTER
Prinz Eisenherz
HAROLD R. FOSTER
ALETA WEISS NICHT, WOHIN SIE SICH WENDEN SOLL. SO VERBIRGT SIE SICH DIE NACHT ZWISCHEN HANDELSWAREN AM LANDESTEG IM HAFEN.
NACH LANGEM SCHWIMMEN KOMMT RAMUD GENAU AN DER STELLE AN!
ALETA WIRD VON EINER NASSEN HAND AUF IHREM MUND GEWECKT. EIN MESSER AN IHRER KEHLE, FLÜSTERT IHR JEMAND ZU: „STILL JUNGE, ODER DU STIRBST!"
SCHNELL ERFASST ALETA DIE SITUATION: DIESER BURSCHE IST KEIN FREUND SARAMANDS! „SEI SELBST STILL, DU GROSSER, NASSER FISCH! ICH HABE AUCH ANGST, ENTDECKT ZU WERDEN!"
„ALLE WEHRTÜCHTIGEN MÄNNER TUN DIENST AUF DEN MAUERN. DU MUSST DICH ALS ALTER MANN VERKLEIDEN, SONST FÄLLST DU AUF!"
ALS ALETA EINE HALSKETTE GEGEN ALTE KLEIDER TAUSCHT, ENTDECKT MAN, DASS SIE EIN MÄDCHEN IST.
PERLEN UND SOLCHE SCHÖNHEIT KÖNNEN NUR DER BESITZ EINER PERSON SEIN! EINE BELOHNUNG ERHOFFEND RENNT DER HÄNDLER IN DONARDO'S PALAST.
AMURATH
THAGNAR
LAUNCELOT
SIR GAWAIN
PRINCE VALIANT
KING ARTHUR
QUEEN GUINEVERE
WISE MERLIN
MORGAN LE FEY
RAMUD

Prinz Eisenherz
UND DIE GOLDENE PRINZESSIN
von HAROLD FOSTER
DURCH ZUFALL ENTDECKEN SIE DEN DAVON-EILENDEN HÄNDLER.
EILE IST GEBOTEN! WAS IST ZU TUN?
ALETA GEHT IN DEN VERLASSENEN LADEN: „WIR BRAUCHEN EINE NEUE VERKLEIDUNG. WIR KÖNNEN DIE SACHEN ZURÜCKGEBEN WENN MEIN PRINZ EISENHERZ DIE STADT NIEDERGEBRANNT HAT!" „DEIN PRINZ EISENHERZ!" ECHOT RAMUD. „NATÜRLICH! DU KANNST NUR KÖNIGIN ALETA SEIN!"
„UND WER BIST DU?" FRAGT ALETA. „RAMUD, EIN FREUND DES PRINZEN. ICH ERKUNDSCHAFTE DIE HAFENVERTEIDIGUNG!" „WIR MÜSSEN UNS TRENNEN. DU DARFST NICHT ENTDECKT WERDEN. SAG DEM PRINZEN, DASS ICH IHN LIEBE!"
DER HÄNDLER BERICHTET NOCH DEM WÜTENDEN DONARDO, ALS ALETA, MIT EINEM MUNTEREN LIED AUF DEN LIPPEN, HEREINHÜPFT. „GUTEN MORGEN, MEIN HERR DONARDO!" LACHT SIE FRÖHLICH. „DER HAREM IST SO KLEIN. ICH HABE EINEN KLEINEN AUSFLUG IN DIE STADT GEMACHT. ICH HOFFE, SIE HABEN NICHTS DAGEGEN!"
HAL FOSTER
RAMUD HAT SEINE INFORMATIONEN UND BEVOR DONARDO SICH ERHOLT HAT, IST ER WIEDER AUF DEM RÜCKWEG.

AMURATH
THAGNAR
LAUNCELOT
SIR GAWAIN
PRINCE VALIANT
KING ARTHUR
QUEEN GUINEVERE
WISE MERLIN
MORGAN LE FEY
RAMUD

Prinz Eisenherz
HAROLD R. FOSTER
EISENHERZ ERWARTET RAMUD AN DER FELSIGEN KÜSTE.
„ICH HABE ALETA GESEHEN, SIE IST WOHLAUF!" TEILT IHM RAMUD ATEMLOS ALS ERSTES MIT, „WIR HABEN UNS SCHNELL WIEDER GETRENNT, UM NICHT AUFZUFALLEN."
DIE FÜHRER WERDEN WIEDER EINBERUFEN, UND RAMUD GIBT EINEN BERICHT: „DONARDOS WASSERMACHT IST STARK. NACHTS WERDEN DIE HAFENTORE GESCHLOSSEN. ÜBERALL SIND WACHEN ABER KEINE FESTE GARNISON."
ÜBER EINE STUNDE WARTEN DIE FÜHRER SCHWEIGEND, WÄHREND IHR JUNGER ANFÜHRER ÜBER DIE MÖGLICHKEIT EINER INVASION, VON DER SEE AUS, NACHDENKT.
DANN STEHT EISENHERZ LÄCHELND AUF, UND BEVOR DIE SONNE UNTERGEHT, WERDEN PLANKEN AUS GROSSEN STÄMMEN GESÄGT...
...WÄHREND ANDERE IM LANDE NACH GROSSEN WEIN- UND ÖLBEHÄLTERN SUCHEN. IN EINEM VERSTECKTEN TAL IN DER NÄHE DER SEE HERRSCHT EMSIGES TREIBEN.
DONARDO BEOBACHTET DIE WACHSENDE ARMEE SEINES FEINDES AUF DER LAND-SEITE. ER BEFIEHLT ALLE KRIEGER AUF DIE MAUERN.
UNBARMHERZIG TREIBT EISENHERZ DIE MÄNNER VORAN. ER HOFFT AUF EINE RUHIGE, DUNKLE, MONDLOSE NACHT.
DANN TAUCHT AUS DEM DUNKEL EINE SELTSAME, SCHWIMMENDE BRÜCKE AUF. SIE SCHLÄNGELT SICH ÜBER DIE BUCHT AUF DEN HAFENEINGANG ZU.
AMURATH
THAGNAR
LAUNCELOT
SIR GAWAIN
PRINCE VALIANT
KING ARTHUR
QUEEN GUINEVERE
WISE MERLIN
MORGAN LE FEY
RAMUD

Prinz Eisenherz
HAROLD R FOSTER
EISENHERZ' LANDARMEE MACHT EINEN LAUTEN ANGRIFF, UM DIE VERTEIDIGER VOM HAFEN ABZULENKEN.
DIE HAFENWACHEN, AUF KLEINE SCHIFFE ACH-TEND, SIND VON EISENHERZ' ANGRIFF VOLLKOMMEN ÜBERRASCHT. DER KAMPF IST KURZ, DA IMMER NEUE KRIEGER ÜBER DIE BRÜCKE NACHDRINGEN.
RAMUD LEITET DIE TRUPPE AUF DEM WEG ZU DEN STADTTOREN.
DIE ÜBERRASCHUNG IST VOLLKOMMEN! DIE TORE ÖFFNEN SICH, UND DES PRINZEN LANDARMEE DRINGT MIT KAMPFGEBRÜLL IN DIE STADT EIN.
KAMPFGETÜMMEL UND FLAMMEN MACHEN DONARDO HELLWACH.
VON EINEM FENSTER DER FRAUENGE-MÄCHER AUS SIEHT ALETA DER BLUTIGEN SCHLACHT ZU. SIE IST ERLEICHTERT, ABER NICHT SEHR ÜBERRASCHT. VON ANFANG AN WUSSTE SIE, DASS PRINZ EISENHERZ SIE RETTEN WÜRDE.
BEWAFFNET STEIGT DONARDO IN DIE GROSSE HALLE HINAB, WO ER EINEM BLUTBEFLECKTEN BESUCHER MIT TROPFENDEM SCHWERT BEGEGNET. HÖFLICH BEGRÜSST ER IHN: „ICH HABE SIE NICHT SO BALD WIEDERERWARTET, PRINZ EISENHERZ!" MIT HARTEN, HEISSEN AUGEN SIEHT EISENHERZ AUF SEINEN FEIND. „ENTSCHULDIGT MEIN UNHÖFLICHES EINDRINGEN UND DEN SCHMUTZ IN DER HALLE. SOLLEN WIR KÄMPFEN?"
HAL FOSTER
AMURATH
THAGNAR
LAUNCELOT
SIR GAWAIN
PRINCE VALIANT
KING ARTHUR
QUEEN GUINEVERE
WISE MERLIN
MORGAN LE FEY
RAMUD

Prinz Eisenherz
HAROLD R FOSTER
TRIUMPHIERENDE RUFE UND GRELLE SCHREIE DER OPFER ZEIGEN DEN STAND DES GEFECHTS AN.
IN DER BLUTBESUDELTEN HALLE STEHEN SICH ENDLICH DONARDO UND EISENHERZ GEGENÜBER.
NIE STAND EISENHERZ EINEM SO STARKEN UND ERFAHRENEN GEGNER GEGENÜBER WIE DONARDO. NUR SCHNELLE FÜSSE UND BLITZARTIGE ANGRIFFE BRINGEN DEN PRINZEN ÜBER DIE ERSTE STUNDE. DANN ERMÜDET DONARDO.
DONARDO RUTSCHT AUF EINER BLUTLACHE AUS UND FÄLLT! EISENHERZ TRITT ZURÜCK. ER ZIEHT KEINEN VORTEIL AUS DES GEGNERS MISSGESCHICK.
WÄHREND DIESER UNTERBRECHUNG ERSCHEINT SADONIA MIT ALETA AUF DEM BALKON. SIE HOFFT, DASS ALETA EISENHERZ ABLENKEN WIRD.
„FÜRCHTET PRINZ EISENHERZ DONARDO SO SEHR, DASS ER DAS BERÜHMTE „SINGENDE SCHWERT" BENUTZEN MUSS?" FRAGT DONARDO'S GEMAHLIN.
„HIER, KERL," SIE NIMMT EIN SCHWERT VON IHRER LEIBWACHE UND GIBT ES DEM PRINZEN," NIMM' EIN SCIMITAR, WIE DEIN GEGNER!"
VON DER BELEIDIGUNG GETROFFEN, LEGT ER SEIN SCHWERT BEISEITE, NIMMT DAS SCIMITAR UND: ZU SPÄT MERKT ER, DASS MAN IHN BETROGEN HAT!
HAL FOSTER
„TÖTE IHN JETZT, TÖTE IHN!" GELLT SADONIA. EIN GRAUSAMES LÄCHELN UMSPIELT DONARDO'S LIPPEN.
AMURATH
THAGNAR
LAUNCELOT
SIR GAWAIN
PRINCE VALIANT
KING ARTHUR
QUEEN GUINEVERE
WISE MERLIN
MORGAN LE FEY
RAMUD

Prinz Eisenherz
UND DIE GOLDENE PRINZESSIN
EISENHERZ IST DEM RÄUBER AUSGELIEFERT.
EIN TEUFLISCHES GRINSEN BREITET SICH AUF DONARDO'S GESICHT AUS.
„VERZEIHT MEINER FRAU. ICH FÜRCHTE, FRAUEN HALTEN NICHT VIEL VON DEN FEINEN SPIELARTEN DER RITTERLICHKEIT."
ER REICHT EISENHERZ DAS „SINGENDE SCHWERT" UND SAGT WEHMÜTIG: „NACHDEM ICH DICH SO LANGE KENNE, SCHEINE ICH DEINE HOCHTRABENDEN VORSTELLUNGEN VON HÖFLICHKEIT ZU LERNEN, FÜRCHTE ICH."
SADONIA HAT IHREN LETZTEN TRUMPF NOCH NICHT AUSGESPIELT. DEN DOLCH ZIEHEND VERLÄSST SIE MIT ALETA DEN BALKON.
IHR SOHN, URICK, HAT EINE IDEE. MIT TEUFLISCHER GRAUSAMKEIT VERSUCHT ER, ALETA EINEN SCHREI ZU ENTLOCKEN. VERGEBLICH.
SIE SIND NOCH BESCHÄFTIGT, ALS DIE KAMPFGERÄUSCHE VERSTUMMEN. EILIGE SCHRITTE SIND ZU HÖREN, UND AM EINGANG ERSCHEINT DER PRINZ, BLUTBEFLECKT UND GRIMMIG DREINSCHAUEND.
DEN DOLCH IN DER FAUST, ERSTARRT URICK VOR ANGST. ER VERHARRT EINE SEKUNDE ZU LANGE, UM ALETA NOCH TÖTEN ZU KÖNNEN.
HAL FOSTER
SARAMAND HAT KEINE VERWENDUNG FÜR EINE HERRSCHERIN. SADONIA NIMMT EINEN DOLCH UND TUT, WAS SIE FÜR NOTWENDIG HÄLT.
NACH VIELEN MONATEN ANGST UND TODESGEFAHR SIND DIE ZWEI WIEDER VEREINT.
AMURATH
THAGNAR
LAUNCELOT
SIR GAWAIN
PRINCE VALIANT
KING ARTHUR
QUEEN GUINEVERE
WISE MERLIN
MORGAN LE FEY
RAMUD

Prinz Eisenherz
HAROLD R FOSTER
PRINZ EISENHERZ GEWÄHRT SEINEN KRIEGERN DIE ÜBLICHEN DREI TAGE DES PLÜNDERNS UND DER RACHE. DIESE DINGE SIND AUS DER GESCHICHTE ÜBERLIEFERT. WIR WOLLEN UNS DIE BLUTIGEN EINZELHEITEN ERSPAREN.
ENDLICH WIEDER HABEN EISENHERZ UND ALETA ZEIT FÜR SICH.
RAMUD, DER DEN SIEG ERMÖGLICHTE, HAT KEINE ZEIT ZUM PLÜNDERN. ER SUCHT DAS MÄDCHEN, DAS IHM DONARDO STAHL.
SIE IST NICHT UNTER DEN HAREMS-SCHÖNHEITEN. ER FINDET SIE IN DER KÜCHE, VERSTECKT.
ER ZIEHT SIE AUF DIE FÜSSE UND ENTHÜLLT EINE GROSSE NARBE IM GESICHT. „ICH VERUNSTALTETE MEIN GESICHT SO, DASS MICH DONARDO NICHT WOLLTE. FINDEST DU MICH SEHR SCHRECKLICH?"
„VON ALLEN REICHTÜMERN SARAMANDS WILL ICH NUR DICH!" ERWIDERT RAMUD, NIMMT SIE IN DIE ARME UND SINKT MIT IHR AUF DEN KÜCHENFUSSBODEN.
PRINZ EISENHERZ ERWACHT AUS SEINEN TRÄUMEREIEN. ES GILT, DIE FÜHRER ZU BELOHNEN, DIE KRIEGER UNTER KONTROLLE ZU BEKOMMEN UND DIE TOTEN ZU BEGRABEN.
HAL FOSTER
AMURATH
THAGNAR
LAUNCELOT
SIR GAWAIN
PRINCE VALIANT
KING ARTHUR
QUEEN GUINEVERE
WISE MERLIN
MORGAN LE FEY
RAMUD

Prinz Eisenherz
UND DIE GOLDENE PRINZESSIN
DIE STRASSEN DES EHEMALS SCHÖNEN SARAMAND SIND VOLL VON TOTEN UND TRÜMMERN.
ES DAUERT NICHT LANGE, BIS DER NEUE HERRSCHER SARAMANDS KÖNIGLICHEN BESUCH ERHÄLT, ALFGAR UND HAKIM. SIE VERSUCHEN, EINEN TEIL DER BEUTE ZU BEKOMMEN. DER VERSCHLAGENE HAKIM ERINNERT EISENHERZ AN DESSEN WORTE.
„UND ICH ERINNERE DICH, DASS DEIN KÖNIGREICH SARAMAND TRIBUT ZAHLEN MUSSTE. ZUR STRAFE FÜR DIE DROHUNG ZAHLST DU WEITER!"
HAKIM HEULT AUF. WARUM SOLL ER ALLEINE WEITER TRIBUT ZAHLEN?
EISENHERZ INTERESSIERT ES NICHT, OB HAKIM TRIBUT ZAHLT. ER WILL NUR UNEINIGKEIT SCHAFFEN, SODASS DIE BEIDEN SICH NICHT GEGEN IHN VERBÜNDEN!
„IN EINIGEN TAGEN WERDEN WIR MIT EINER FLOTTE NACH ROM AUFBRECHEN. WIR WERDEN MIT EINER ZEREMONIE, UNSERER KÖNIGLICHEN ABSTAMMUNG WÜRDIG, GETRAUT!"
465 1-6-46
ALETA LIEBT DIESEN GROSSEN BURSCHEN AUS GANZEM HERZEN. ABER SEIN ANTRAG ENTBEHRT JEGLICHER ROMANTIK.
HAL FOSTER
„OH! LASST UNS NICHTS ÜBERSTÜRZEN, MEIN PRINZ! ES WIRD WOCHEN DAUERN, BIS ICH MIR SICHER BIN, OB ICH DICH NEHME!"
AMURATH
THAGNAR
LAUNCELOT
SIR GAWAIN
PRINCE VALIANT
KING ARTHUR
QUEEN GUINEVERE
WISE MERLIN
MORGAN LE FEY
RAMUD

Prinz Eisenherz
HAROLD R FOSTER
PRINZ EISENHERZ VERSTEHT DIE WELT NICHT MEHR!
ZUM 28. MAL MURMELT ER VOR SICH HIN: „ICH WÜNSCHTE, DASS ICH MEHR ÜBER KÖNIGINNEN WÜSSTE!"
ER ARGUMENTIERT MIT DER LOGIK EINES SENATOREN. ABER ALETA LÄCHELT NUR UND MACHT SICH DIE HAARE ZURECHT. DIESER BURSCHE WIRD SCHON LIEBEN LERNEN — ODER ALS JUNGGESELLE STERBEN!
EISENHERZ IST ZORNIG. ALETA SINGT, ER KNURRT SIE AN, SIE LACHT IHN AUS. ER SCHMOLLT.
AUS VERZWEIFLUNG STÜRZT ER SICH WIEDER IN STAATSGESCHÄFTE. DER WIEDERAUFBAU SARAMANDS MACHT UNGEHEUER VIEL ARBEIT.
„... KOMMST DU NUN MIT NACH THULE ALS MEINE BRAUT," DONNERT ER, „ODER SOLL ICH DICH WIEDER AUF DIE NEBELINSELN BRINGEN?" „OH, DU LIEBENSWERTER TRAMPEL!" LACHT SIE IHN UNVERSCHÄMT AN, DASS IHM NUR ÜBRIGBLEIBT SIE ZU KÜSSEN ODER ZU TÖTEN!
STATTDESSEN WIRFT ER SIE IN DEN FISCHTEICH!
HAL FOSTER
EIN HÜBSCHES, JUNGES GESICHT ERSCHEINT AN DER OBERFLÄCHE. ÜBERRASCHUNG LEUCHTET IN IHREN AUGEN UND ETWAS DAHINTER IHR TEMPERAMENT. EISENHERZ MUSS SCHNELL HANDELN...
ER TRITT AN DEN TEICH UND ER KÜSST SIE SO ZÄRTLICH, DASS ALLER ZORN SCHNELL VERFLIEGT.
DARAUF LEGT ER FÜR IMMER SEIN HERZ IN IHRE KLEINEN HÄNDE. (NACH EINER STUNDE FLÜSTERN SAGT ALETA ENDLICH: „JA")
ANURATH
THAGNAR
LAUNCELOT
SIR GAWAIN
PRINCE VALIANT
KING ARTHUR
QUEEN GUINEVERE
WISE MERLIN
MORGAN LE FEY
RAMUD

Prinz Eisenherz
HAROLD R. FOSTER
PRINZ EISENHERZ WIRD NICHT MÜDE, ALETA IMMER WIEDER ANZUSCHAUEN. NUN, DA EISENHERZ GELERNT HAT, DASS MAN EINE FRAU NICHT ANSCHREIT WIE ZEHNTAUSEND UNERSCHROCKENE KRIEGER, IST ALETA BEREIT, MIT IHM ÜBER DIE HOCHZEIT ZU REDEN.
SIE WERDEN NACH ROM FAHREN, UND WEIL SIE KÖNIGLICHEN BLUTES SIND, EINE ANGEMESSENE TRAUUNG HABEN.
ALS EISENHERZ EINIGE SCHIFFE FÜR DIE REISE VORBEREITET, HÖRT ER, DASS GENSERIK, DER MÄCHTIGE VANDALENKÖNIG, VORHAT, MIT TAUSEND SCHIFFEN NACH ROM ZU SEGELN.
INVASIONEN UND HOCHZEITEN VERTRAGEN SICH NICHT, DESHALB REITET EISENHERZ NACH TUNIS ZU EINEM TREFFEN MIT GENSERIK.
GENSERIK, DER SEINE HARTEN NORDMÄNNER VOM BALTISCHEN MEER DURCH FRANKREICH UND SPANIEN NACH AFRIKA GEFÜHRT HAT, ERHEBT SICH, UM DEN NEUEN HERRSCHER SARAMANDS ZU BEGRÜSSEN. ER HAT VON PRINZ EISENHERZ GEHÖRT, DER ALLEIN VOR DEM GROSSEN SARAMAND STAND, DER DROHTE, ES ZU ZERSTÖREN UND ES DANN AUCH WAHRMACHTE!
„ICH HATTE VOR, NACH ROM ZU SEGELN, UM MICH TRAUEN ZU LASSEN, ABER ICH HÖRTE, DU HAST EINE WENIGER FRIEDLICHE MISSION VOR. DEIN VORHABEN, SO FÜRCHTE ICH, STÖRT MEINE PLÄNE!"
GENSERIK MACHT EINE HILFLOSE GESTE. „ES TUT MIR LEID, DASS DURCH MEINE SELBSTSUCHT EINE SO WICHTIGE ZEREMONIE GESTÖRT WIRD! ZEHNTAUSEND MÄNNER HABEN SCHON IHRE SCHWERTER GESCHÄRFT!"
HAL FOSTER
„ABER SEGLE MIT MIR UND ICH WERDE DARAUF ACHTEN, DASS DEINE TRAUUNG ZELEBRIERT WIRD, BEVOR WIR ROM PLÜNDERN!"
AMURATH
THAGNAR
LAUNCELOT
SIR GAWAIN
PRINCE VALIANT
KING ARTHUR
QUEEN GUINEVERE
WISE MERLIN
MORGAN LE FEY
RAMUD

Prinz Eisenherz
HAROLD R FOSTER
DER UNTERGANG ROMS UND DER ANFANG DUNKLER ZEITEN BEGANN, ALS DER SCHWACHE KAISER VALENTINIAN VON DEM SENATOR MAXIMUS ERMORDET WURDE. MAXIMUS MACHTE SICH ZUM KAISER, EIN FATALER FEHLER ...
... ER MACHTE DER WITWE DES ERMORDETEN KAISERS, EUDOXIA EINEN HEIRATSANTRAG.
SIE LEHNTE NICHT NUR AB, SONDERN SEGELT HEIMLICH NACH TUNIS UND BITTET GENSERIK UM HILFE.
GENSERIK WILLIGT EIN. SEINE SCHIFFE SIND FERTIG ZUM AUSLAUFEN.
EISENHERZ ÜBERGIBT SARAMAND SEINEN FÜHRERN UND WEIST JEDEM EINE AUFGABE ZU. (ABER DIE GIER NACH MACHT UND REICHTUM WIRD DIE EHEMALIGEN KAMERADEN ENTZWEIEN. DIE STADT WIRD BALD WIEDER AUS RUINEN BESTEHEN, UND JENE, DIE ÜBERLEBEN, WERDEN ABSOLUT NICHTS HABEN!)
EISENHERZ IST AUF DEM WEG NACH ROM. EINE DER SCHRECKLICHSTEN ZEITEN DER GESCHICHTE NIMMT IHREN ANFANG. ER HAT WICHTIGERES ZU BESPRECHEN!
DIE VANDALENHORDEN LANDEN UND MARSCHIEREN AUF ROM.
468 1-27-40
IHR MARSCH WIRD DURCH PAPST LEO UND EINER HANDVOLL KIRCHENDIENER AUFGEHALTEN.
HAL FOSTER
DER PAPST HATTE EINST ROM VOR DEN HUNNEN ATTILA'S BESCHÜTZT. ABER GENSERIK IST DER TYP KRIEGER, DER WEDER MENSCH NOCH RELIGION FÜRCHTET.
AMURATH
THAGNAR
LAUNCELOT
SIR GAWAIN
PRINCE VALIANT
KING ARTHUR
QUEEN GUINEVERE
WISE MERLIN
MORGAN LE FEY
RAMUD

Prinz Eisenherz
UND DIE GOLDENE PRINZESSIN
RUND UM EISENHERZ UND ALETA STRÖMT EIN RIESIGES VANDALEN-HEER IN RICHTUNG ROM.
PAPST LEO KANN GENSERIK NICHT AUFHALTEN. IHM WIRD NUR VERSPROCHEN, DASS DIE BEVÖLKERUNG ROM'S GESCHONT WIRD.
UM GENSERIK ZU BESÄNFTIGEN, WIRD MAXIMUS GESTEINIGT.
ALETA UND EISENHERZ ZIEHEN MIT DEN VANDALEN IN ROM EIN. DAS PLÜNDERN BEGINNT. DAS VOLK PROTESTIERT, EIN, ZWEI KÄMPFE FLACKERN AUF..
...UND MIT DEM VERGIESSEN DES ERSTEN BLUTES SIND DIE WILDEN NORDMÄNNER NICHT MEHR ZU HALTEN. DIE SCHLIMMSTE METZELEI ALLER ZEITEN BEGINNT.
SIE VERLASSEN DIE STADT UND FOLGEN PAPST LEO, VON DEM SIE HÖREN, DASS ER NACH RAVENNA GEGANGEN SEI.
PAPST LEO IST ZU BESCHÄFTIGT UM EINE TRAUUNG ZU VOLLZIEHEN.
EUDOXIA, DEREN RACHEDURST DIE VANDALEN NACH ROM HOLTE, VERNIMMT EINEN GERICHTSBESCHLUSS: SIE MUSS EINE IHRER TÖCHTER GENSERIK'S SOHN ZUR FRAU GEBEN.
409 2-3-46
HAL FOSTER
EISENHERZ UND ALETA, DIE ENTTÄUSCHT ZU IHREN SCHIFFEN ZURÜCKKEHREN, SCHLIESSEN SICH EUDOXIA'S ZUG AN.
AMURATH
THAGNAR
LAUNCELOT
SIR GAWAIN
PRINCE VALIANT
KING ARTHUR
QUEEN GUINEVERE
WISE MERLIN
MORGAN LE FEY
RAMUD

Prinz Eisenherz
HAROLD R FOSTER
WEGEN DER LAUNE EINER FRAU STERBEN IN ROM HUNDERTTAUSEND MENSCHEN.
EUDOXIA LÄDT ABENDS DAS JUNGE PAAR ZU SICH UND IHREN TÖCHTERN EIN.
ALS EUDOXIA IHRE GESCHICHTE HÖRT, STÖSST SIE BITTER AUS: „IHR WOLLT EINE CHRISTLICHE TRAUUNG? DIE HEIDEN BEHERRSCHEN ALLE LÄNDER DER BE-KANNTEN WELT. DIE LAMPE DER CHRISTENHEIT DROHT ZU ERLÖSCHEN! ABER ICH KANN EUCH HELFEN!"
AM MORGEN ERKLÄRT SIE: „NICHT WEIT VON HIER WOHNT EIN EINSIEDLER, EIN EHEMALIGER KARDINAL. ER HAT SICH IN EINE GROTTE ZURÜCK-GEZOGEN UND WIDMET SICH MILDTÄTIGER ARBEIT."
UND DIE ZWEI, DIE VON KEINEM GERINGEREN ALS DEM PAPST GETRAUT WERDEN WOLLTEN, SIND ZUFRIEDEN. DER WIND IN DEN BAUMWIPFELN IST IHRE ORGELMUSIK, DIE WALDVÖGEL IHR CHOR. EIN EX-KARDINAL VERMÄHLT DEN EX-HERRSCHER VON SARAMAND UND DIE EX-KÖ-NIGIN DER NEBELINSEL. EINE EX-KAISERIN VON ROM IST ZEUGE.
TIEF IM WALD, WEIT VON VER-RAT UND POLITIK, TREFFEN SIE DEN FREUNDLICHEN EINSIEDLER.
470 2-10-46
HAL FOSTER
HIER SOLLTE, WIE BEI ALLEN ERZÄHLERN VON ROMANTISCHEN GESCHICHTEN, DIE SAGA VON PRINZ EISENHERZ EIN ENDE FINDEN.
ABER ALETA ZU GEWINNEN IST EINE SACHE, SIE KOSTET EISENHERZ SEIN HERZ, MIT ALETA ZU LEBEN, EINE ANDERE.
SIE IST DES ERZÄHLENS WERT, GLAUBEN WIR.

AMURATH
THAGNAR
LAUNCELOT
SIR GAWAIN
PRINCE VALIANT
KING ARTHUR
QUEEN GUINEVERE
WISE MERLIN
MORGAN LE FEY
RAMUD

Prinz Eisenherz
HAROLD R FOSTER
EISENHERZ UND ALETA KEHREN NACH ROM ZURÜCK, WEIL SIE BEI EUDOXIA WAREN, DIE VON EINER VANDALEN-ESKORTE GEZWUNGEN WIRD, NACH ROM ZU KOMMEN.
EUDOXIA STEHT VOR DEM MANN, DER IHR WERKZEUG DER RACHE WAR. GENSERIK SPRICHT: „DU KEHRST MIT MIR NACH TUNIS ZURÜCK, WO DU VOR DER RACHE DER RÖMER SICHER BIST. EINE DEINER TÖCHTER WIRST DU MEINEM ÄLTESTEN SOHN ZUR HEIRAT GEBEN!"
ER SIEHT EISENHERZ: „DA WIR GERADE VON HEIRAT SPRECHEN... ICH KONNTE MEIN VERSPRECHEN NICHT HALTEN WEIL ICH MIT PLÜNDEREI BESCHÄFTIGT WAR." ER SIEHT ALETA. „JEMAND MUSS DEN HIMMEL GEPLÜNDERT HABEN!" RUFT ER AUS.
WAS DIE VANDALEN NICHT MITNEHMEN KÖNNEN WIRD ZERSTÖRT.
DIE STRASSE ZWISCHEN DER FLOTTE UND DER STERBENDEN STADT IST VOLL VON MIT BEUTE BELADENEN VANDALEN.
SIE FÜLLEN NICHT NUR IHRE SCHIFFE, SONDERN NEHMEN AUCH GLEICH EISENHERZ' DREI, MIT DEN SCHÄTZEN AUS SARAMAND!
471 2-17-46
„NUN DENN," SAGT EISENHERZ SORGLOS, „WIR HABEN NOCH GENUG. WIR WERDEN DURCH GALLIEN REITEN UND DANN EIN SCHIFF NACH BRITANNIEN NEHMEN!"
HAL FOSTER
„ICH WERDE KEINEN METER REITEN!" WIRD IHM MIT BESTIMMTHEIT KUNDGETAN. „ICH BIN INSELBEWOHNERIN UND WERDE SCHWIMMEN ODER SEGELN, ABER NICHT REITEN! GEH' UND STEHLE EIN SCHIFF!"
AMURATH
THAGNAR
LAUNCELOT
SIR GAWAIN
PRINCE VALIANT
KING ARTHUR
QUEEN GUINEVERE
WISE MERLIN
MORGAN LE FEY
RAMUD

Prinz Eisenherz
UND DIE GOLDENE PRINZESSIN
EISENHERZ HÖRT IHRE WORTE, SCHEINT ABER NOCH NICHT GANZ BEGRIFFEN ZU HABEN, DASS SIE ES ERNST MEINT.
SIE WIEDERHOLT: „ICH WERDE NICHT AUF WACKLIGEN PFERDERÜCKEN REITEN, BIS ICH MÜDE BIN... ICH SAGTE DOCH: GEH' UND STEHLE EIN SCHIFF!"
EISENHERZ SCHAUT AUF DEN KLEINEN REBELL. GLEICH DARAUF SUCHT ER EIN SCHIFF AUS.
„DAS SCHIFF WIRD BIS SONNENUNTERGANG BELADEN SEIN," EISENHERZ GIBT SEINEN MÄNNERN GELD. „BESORGT EINE HAUT STARKEN WEIN. WIR WERDEN DIE MANNSCHAFT BETRUNKEN MACHEN!"
ALETA'S DIENERIN IST GEÜBT IN DER HERSTELLUNG EINIGER MIXTUREN. DER SUD EINIGER KRÄUTER WIRD DEM WEIN BEIGEFÜGT. „DIES GARANTIERT DEN MÄNNERN EINEN GUTEN SCHLAF," ERZÄHLT SIE DEM PRINZEN.
AM ABEND SEHEN DIE MÜDEN VANDALEN EINEN JUNGEN KRIEGER AM UFER ENTLANGTAUMELN. „HELFT MIT. 'S IS' SU SCHWER," LALLT ER.
„OH, WIR WERDEN ES DIR LEICHTER MACHEN!" RUFEN DIE ERFREUTEN VANDALEN, UND MEINEN ES AUCH.
472 2-24-46
SPÄTER IN DER DUNKELHEIT IST ALLES SEHR, SEHR RUHIG. EISENHERZ UND SEINE MÄNNER BEFREIEN DIE ANGEKETTETEN RÖMER UND ERSETZEN SIE DURCH DIE BETÄUBTEN VANDALEN.
HAL FOSTER
BEIM MORGENGRAUEN IST DAS MIT SCHÄTZEN BELADENE SCHIFF AUF SEE.
AMURATH
THAGNAR
LAUNCELOT
SIR GAWAIN
PRINCE VALIANT
KING ARTHUR
QUEEN GUINEVERE
WISE MERLIN
MORGAN LE FEY
RAMUD

Prinz Eisenherz
HAROLD R FOSTER
WÄHREND DIE GEFANGENEN VANDALEN DAS SCHIFF ÜBER DAS MITTELMEER RUDERN, GENIESST EISENHERZ EINEN HÜBSCHEREN ANBLICK ALS IHRE MÜRRISCHEN GESICHTER.
SIE ERREICHEN DAS RHONE-DELTA UND FAHREN EINEN DER MÜNDUNGSARME HINAUF. DEN GLEICHEN WEG NAHMEN EINST DIE EROBERNDEN RÖMER; UND AUCH AUF DEM RÜCKZUG VOR BARBAREN, JENSEITS VON RHEIN UND DONAU KOMMEND.
WEIT IN DER FERNE GLITZERN DIE SCHNEEBEDECKTEN GIPFEL DER ALPEN. EISENHERZ UND SEINE BRAUT GENIESSEN DIE FLITTERWOCHEN, DENN ZU DAMALIGEN ZEITEN GAB ES NUR WENIGE TAGE, IN DENEN FRIEDEN HERRSCHTE.
IN LYON VERKAUFT EISENHERZ SCHIFF UND SCHÄTZE.
BEIM VERKAUF DER GEFANGENEN VANDALEN GIBT ES EINE UNTERBRECHUNG. EIN SCHWARZHAARIGER JUNGER MANN TRITT VOR.. „VERKAUFT MICH NICHT, MEIN HERR. ICH KANN LESEN UND SCHREIBEN UND BUCHHALTUNG FÜHREN. ICH WERDE EUCH NÜTZLICHER SEIN ALS GELD."
SO TRITT AMURATH IN EISENHERZ' DIENSTE. GEWISSENHAFT TUT ER SEINE PFLICHT. SEINE AUGEN VERHARREN SEHR OFT AUF CIDI, ALETA'S DIENERIN.
ALETA GEHT EINKAUFEN... WELCHE FRAU, DIE WEISS, DASS IHR MANN GELD HAT, TUT DAS NICHT?
473 3-3-46
HAL FOSTER
EISENHERZ ERWIRBT EINE KLEINE BARKE UND BEWAFFNETE WACHEN. DIE VERSCHWINDENDE MACHT ROM'S REICHT NUR NOCH BIS LYON. DAHINTER REGIERT DAS GESETZ VON SCHWERT UND AXT.
AMURATH
THAGNAR
LAUNCELOT
SIR GAWAIN
PRINCE VALIANT
KING ARTHUR
QUEEN GUINEVERE
WISE MERLIN
MORGAN LE FEY
RAMUD

Prinz Eisenherz
HAROLD R. FOSTER
AUF DER BISHER GUT VERLAUFENEN WEITERREISE BEMERKT ALETA AMURATH'S INTERESSE AN CIDI. DANN FÄLLT IHR AUF, DASS DAS RUHIGE ORIENTALISCHE MÄDCHEN LANGE AUF EISENHERZ BLICKT, SCHMERZ UND LEIDENSCHAFT IN IHREN AUGEN.
VON DER RHONE WECHSELN SIE IN DIE SAONE UND FAHREN SO WEIT SIE KÖNNEN. AN EINER KLEINEN HANDELSSTATION GEHEN SIE AN LAND.
VON DORT SCHICKT EISENHERZ AMURATH UND EINIGE MÄNNER ZUR SEINE UM EIN SCHIFF ZU ERWERBEN, DAS SIE NACH PARIS BRINGEN SOLL.
WO IMMER DIE RÖMER HINKAMEN, BRACHTEN SIE GESETZ UND ORDNUNG MIT. NACHDEM SIE SICH ZURÜCKZOGEN, FOLGT GESETZLOSIGKEIT.
EISENHERZ BESORGT EINEN KARREN FÜR ALETA, UND SIE MACHEN SICH AUF DIE GEFAHRVOLLE LANDREISE ZUR SEINE.
KEINE EHEFRAU MAG ES, DASS EIN MÄDCHEN SICH IN IHREN MANN VERLIEBT. ALETA ÜBERLEGT, WIE SIE CIDI LOSWIRD, OHNE, DASS EISENHERZ WEISS WARUM. SIE FÜRCHTET, DASS ER ZU EITEL WIRD!
474 3-10-46
FRAUENKLEIDUNG FÜLLT SEIN ZELT. „EINE KLEINE FRAU BRAUCHT SCHEINBAR SEHR VIEL PLATZ," BEMERKT EISENHERZ UND SUCHT EINE MÖGLICHKEIT, SEINE SACHEN AUFZUHÄNGEN.
HAL FOSTER
UMHERZIEHENDE BARBAREN, IMMER AUF DER SUCHE NACH BEUTE, SEHEN MIT GIERIGEN AUGEN ZU DER KARAWANE HINÜBER.
AMURATH
THAGNAR
LAUNCELOT
SIR GAWAIN
PRINCE VALIANT
KING ARTHUR
QUEEN GUINEVERE
WISE MERLIN
MORGAN LE FEY
RAMUD

Prinz Eisenherz
HAROLD R. FOSTER
ERST BEI SONNENAUFGANG ENTSCHLIESST SICH DIE GRUPPE ANZUGREIFEN.
DER RUF DES WÄCHTERS BRINGT EISENHERZ SOFORT AUF DIE FÜSSE...
... MIT EINEM GRIFF HAT ER DAS KETTENHEMD ÜBERGEZOGEN UND DIE WAFFEN IN DER HAND.
WIE EIN BLITZ FÄHRT EISENHERZ UNTER DIE SCHWERFÄLLIGEN MÄNNER. SOLCH MÖRDERISCHER ENTHUSIASMUS ÜBERRASCHT DIE MÄNNER, DIE FLINK GENUG SIND ZU ENTKOMMEN.
HAL FOSTER
EIN GUTER TAGESANFANG! EISENHERZ IST MIT SICH ZUFRIEDEN: ER HAT ALETA ZEIGEN KÖNNEN, WELCH' FURCHTLOSER BESCHÜTZER ER DOCH IST!
FARBIG (MIT EINEM BISSCHEN VIEL EINBILDUNG VIELLEICHT) SCHILDERT ER ALETA, DIE FEINHEITEN DES SCHWERTKAMPFES, BIS ER FESTSTELLT, DASS SIE ABWEISEND WIRKT.
475 3-17-46
„WAS IST LOS, LIEBLING?" FRAGT ER. „UNSERE FLITTERWOCHEN SIND VORBEI!" STELLT SIE FEST. „DEN DU BIST ZUR ARBEIT GEGANGEN, OHNE MIR EINEN KUSS ZU GEBEN!"
AMURATH
THAGNAR
LAUNCELOT
SIR GAWAIN
PRINCE VALIANT
KING ARTHUR
QUEEN GUINEVERE
WISE MERLIN
MORGAN LE FEY
RAMUD

Prinz Eisenherz
HAROLD R FOSTER
„ICH FÜRCHTE, FRAUEN WERDE ICH NIE VERSTEHEN," MURMELT EISENHERZ, „ABER ES WIRD SCHÖN SEIN, ES ZU VERSUCHEN!"
AM ENDE DES LANGEN REISETAGES TREFFEN SIE AMURATH. ER BERICHTET, DASS ER EIN BOOT FÜR DIE WEITERREISE NACH PARIS BESORGT HAT.
EISENHERZ HAT CIDI BISHER KAUM WAHRGE-NOMMEN. DAS ARME MÄDCHEN, ZERRISSEN VON LEIDENSCHAFT FÜR DEN PRINZEN UND FAST VER-RÜCKT VOR EIFERSUCHT, FINDET KEINE RUHE.
AMURATH KANN DAS ELEND DES MÄDCHENS NICHT LÄNGER ERTRAGEN. „GIB DIESE HOFF-NUNGSLOSE LIEBE AUF UND FOLGE MIR IN MEIN LAND. ICH WERDE MEIN LEBEN DEINEM GLÜCK WIDMEN!"
CIDIS LIEBE IST WEIT ENTFERNT VON JEGLICHER VERNUNFT. NACHTS HUSCHT SIE DAVON UND BEREITET EINS IHRER GEHEIMNISVOLLEN GIFTE ZU. AMURATH FOLGT IHR UND BEOBACHTET SIE.
ALETA SCHLÄGT VOR: „DIE NORDISCHEN LÄN-DER BEGINNEN. LASS UNS GROSSZÜGIG GEGEN-ÜBER UNSEREN DIENERN SEIN — UND SIE IN IHRE HEIMATLÄNDER ENTLASSEN. WIR SOLLTEN DIENER ANWERBEN, DIE DAS NORDISCHE KLIMA GEWOHNT SIND!"
SOLANGE ALETA LEBT, WIRD EISENHERZ NUR AUGEN FÜR SIE HABEN. VOLL VERZWEIFLUNG BEREITET CIDI EINEN WEINBECHER MIT GIFT FÜR ALETA VOR. ABER DIE AUGEN EINES LIEBENDEN RUHEN IMMER AUF DER GELIEBTEN...
...AMURATH WIRFT DEN TÖDLICHEN KELCH UM.
470 3-24-46
HAL FOSTER
ALS DIE SEINE ERREICHT IST, BELOHNT EISENHERZ DIE DIENER UND WÜNSCHT IHNEN EINE GUTE HEIMREISE. ER BEMERKT DIE VERZWEIFLUNG IN CIDIS AUGEN NICHT.
AMURATH
THAGNAR
LAUNCELOT
SIR GAWAIN
PRINCE VALIANT
KING ARTHUR
QUEEN GUINEVERE
WISE MERLIN
MORGAN LE FEY
RAMUD

Prinz Eisenherz
UND DIE GOLDENE PRINZESSIN
EISENHERZ HAT DIE BEGLEITER REICHLICH BELOHNT, ALS ER SIE ENTLÄSST. ALLE FREUEN SICH, AUSSER CIDI. FÜR SIE IST ES DAS ENDE.
ALETA UND EISENHERZ WÜNSCHEN IHNEN EINE GUTE HEIMKEHR UND GEHEN AUF DIE REISE NACH PARIS.
AMURATH IST FROH. ER WIRD DIE LANGE ZEIT DER REISE MIT CIDI ZUSAMMENSEIN. VIELLEICHT VERGISST SIE PRINZ EISENHERZ UND WIRD IHN WAHRNEHMEN.
NACH EINER FLUSSBIEGUNG IST IHR GELIEBTER FÜR IMMER VERSCHWUNDEN. EIN ERSTICKTER SCHREI LÄSST AMURATH HERUMFAHREN!
DAS FLÄSCHCHEN GIFT, DAS FÜR ALETA BESTIMMT WAR, IST LEER!
ES IST MÖGLICH, DASS AMURATH ZU DIESEM ZEITPUNKT WAHNSINNIG WURDE. „DAS IST EISENHERZ' SCHULD. EIN STREICHELN ODER EIN FREUNDLICHES WORT HÄTTE SIE GLÜCKLICH GEMACHT. ABER ER HAT SIE NUR UNSAGBAR GEKRÄNKT!"
AMURATH BEENDET SEINE ARBEIT. LANGE ZEIT STEHT ER AM GRABE. DANN LACHT ER VERRÜCKT AUF UND BESTEIGT SEIN PFERD. ER REITET NICHT GEN SÜDEN!
NACH PARIS! IN SEINEM KRANKEN KOPF NIMMT EIN PLAN GESTALT AN.
477 3-31-46
HAL FOSTER
EISENHERZ IST FROH, BEI SEINER ANKUNFT IN PARIS AMURATH WARTEN ZU SEHEN. SOLCHE TREUE SOLL BELOHNT WERDEN, VERSPRICHT ER.

AMURATH
THAGNAR
LAUNCELOT
SIR GAWAIN
PRINCE VALIANT
KING ARTHUR
QUEEN GUINEVERE
WISE MERLIN
MORGAN LE FEY
RAMUD

Prinz Eisenherz
HAROLD R FOSTER
AMURATH SAGT DEM PRINZEN, ER SEI DER EINZIGE HERR, DEM ER DIENEN KÖNNE. ER HABE IHREN PARIS-AUFENTHALT SCHON VORBEREITET.
„ALS DER EDLE ROTH, THAN VON BOISBELOIT, HÖRTE, DASS EIN SO BERÜHMTER RITTER WIE PRINZ EISENHERZ NACH PARIS KOMMT, BESTAND ER DARAUF, DASS IHR SEIN GAST SEID."
„WILLKOMMEN, WILLKOMMEN," BRÜLLT DER UNGESTÜME ROTH. „IHR SENESCHALL, AMURATH ERZÄHLTE VON EUREM KOMMEN. ES IST MIR EINE EHRE, GASTGEBER EINES HELDEN UND EINER SO UEBREIZENDEN DAME ZU SEIN!"
SELTEN HAT EISENHERZ EINE SOLCH LÜMMELHAFTE RUNDE GESEHEN. ROTH UMGIBT SICH MIT EINEM WILDEN, AUSSCHWEIFENDEN HAUFEN. EINIGE WITZE LASSEN ALETA ERRÖTEN UND EINIGE DAMEN WIEDERUM BRINGEN EISENHERZ ZUM ERRÖTEN. WIE ES AUCH SEI, ER DENKT: „WENN DU IN ROM BIST, GIB DICH WIE EIN RÖMER. ES SCHEINT EBEN SO MODE ZU SEIN, IN PARIS!"
NACH DEM MAHL LÄSST ROTH DIE MUSIKER KOMMEN UND ZEIGT, VON ALETA'S SCHÖNHEIT GEFANGEN, IHR DIE NEUESTEN TÄNZE.
„IST LADY ALETA NICHT SO BEZAUBERND WIE ICH EUCH SAGTE," FLÜSTERT AMURATH. „SIE SCHEINT AUCH VON EUCH SEHR ANGETAN, MEIN HERR!"
ZU EISENHERZ ABER SAGT ER: „DIESER ROTH IST EIN BISSCHEN ZU INTERESSIERT AN LADY ALETA! ICH HOFFE EUCH NICHT IN GEFAHR GEBRACHT ZU HABEN..."
478 4-7-46
HAL FOSTER
DEN FREUNDEN UND VERWANDTEN FLÜSTERT ER ZU: „ACHTET AUF EISENHERZ, ER IST EIN MANN VON UNGEZÜGELTEN LEIDENSCHAFTEN. ER KÖNNTE DEM EDLEN ROTH GEFÄHRLICH WERDEN, WENN DIESER LADY ALETA AUCH NUR ANRÜHRT!"
AMURATH
THAGNAR
LAUNCELOT
SIR GAWAIN
PRINCE VALIANT
KING ARTHUR
QUEEN GUINEVERE
WISE MERLIN
MORGAN LE FEY
RAMUD

Prinz Eisenherz
UND DIE GOLDENE PRINZESSIN
AMURATHS KRANKES HIRN HAT EINEN TEUFLISCHEN PLAN AUSGEHECKT.
„SIR ROTH," FLÜSTERT ER DEM VERLIEBTEN TYRANNEN ZU, „MEINE LADY ALETA HAT SICH IN EUCH VERLIEBT. SIE ERWARTET EUCH IN IHREM APPARTMENT!"
ROTH EILT, SICH DIE HÄNDE REIBEND, VON DANNEN. — „OH, HERR!" RUFT AMURATH DEM PRINZEN ZU, „ICH WARNTE EUCH VOR ROTH. ER BELÄSTIGT LADY ALETA IN IHREM SCHLAFZIMMER!"
EISENHERZ EILT, SIE ZU RETTEN. ROTH IST ÜBERRASCHT, STATT EINEM LIEBENDEN MÄDCHEN EINE WÜTENDE HORNISSE VORZUFINDEN!
ALETA'S AUFTRETEN LÄSST KEINEN ZWEIFEL ZU, DASS HIER ETWAS NICHT STIMMT. „WARUM HAST DU MICH ANGELOGEN, DU LUMP!" BRÜLLT ROTH AMURATH AN. RUHIG WIE EINE VIPER SCHLÄGT AMURATH ZU!
„GLEICH WERDEN UNS DIE FREUNDE UND VERWANDTEN ROTHS FINDEN. ICH WERDE IHNEN SAGEN, DASS IHR IHN ERMORDET HABT. UND SIE WERDEN EUCH BEIDE SEHR, SEHR LANGSAM TÖTEN."
„WARUM HAST DU DAS GETAN, AMURATH?" FRAGT EISENHERZ RUHIG. „DAS MÄDCHEN, DAS ICH LIEBTE, BRACHTE SICH WEGEN EUCH UM. EIN FREUNDLICHES WORT HÄTTE GENÜGT, ABER IHR HABT SIE KÜHL ENTLASSEN. IHR KÖNNT MICH JETZT TÖTEN. MEINE RACHE IST VOLLBRACHT UND OHNE CIDI KANN ICH NICHT LÄNGER LEBEN."
WIE ES AMURATH PLANTE, ENTDECKEN DIE VERWANDTEN DEN MORD. EISENHERZ' RUHE JAGT AMURATH FURCHT EIN, DENN ER WÜNSCHTE, DASS DER PRINZ IHN TÖTETE UND MIT DEM BLUTIGEM SCHWERT ENTDECKT WÜRDE.
479 4-14-46
SCHWERTER WERDEN GEZOGEN, DANN SAGT EISENHERZ MIT RUHIGER STIMME: „EUER HERR WURDE MIT EINEM DOLCH ERMORDET. FINDET EINEN BLUTIGEN UND IHR HABT DEN MÖRDER!"
HAL FOSTER
AMURATH WIRD KREISCHEND ABGEFÜHRT. ZULETZT BRICHT DER WAHN IN SEINEM GEQUÄLTEN HIRN DOCH DURCH!
AMURATH
THAGNAR
LAUNCELOT
SIR GAWAIN
PRINCE VALIANT
KING ARTHUR
QUEEN GUINEVERE
WISE MERLIN
MORGAN LE FEY
RAMUD

Prinz Eisenherz
Harold R Foster
EILIG VERLÄSST EISENHERZ DIE BURG. ROTH WAR EIN MÄCHTIGER EDLER UND SEINE FREUNDE KÖNNTE ES NACH MEHR RACHE DÜRSTEN. DIE MITGEFÜHRTEN WERTE, ER HATTE DIE SCHÄTZE AUS SARAMAND UND ROM IN JUWELEN UMGETAUSCHT, ERHÖHEN DIE GEFAHR.
IN EINER PARISER STRASSE FLIEGT IHNEN EIN WOHLHABENDER HÄNDLER VOR DIE FÜSSE.
MEHR ÜBERRASCHT SIE DIE FRAU IN DER TÜR.. „ICH HABE DICH GEWARNT WAS PASSIEREN WÜRDE, WENN DU NOCHMAL DEINE KALTEN, SCHMUTZIGEN HÄNDE AN MICH LEGST! DU RÄUDIGER HUND!"
„ENTSCHULDIGT, DASS ICH EUCH ABFALL VOR DIE FÜSSE WARF! ABER KÖNNT IHR EUCH VORSTELLEN, DASS EINE EHEMALIGE KÖNIGLICHE KAMMERZOFE EINEN SOLCHEN HAUSHALT FÜHREN SOLL?"
SOFORT IST ALETA INTERESSIERT. „ICH BRAUCHE EINE ZOFE...", „JETZT NICHT MEHR. NENNT MICH KATWIN. ICH MAG EUCH... UND WÜRDE EUCH GERN DAS HELLE HAAR LEGEN..."
... UND SO WEITER UND SO WEITER. EISENHERZ LERNT WIEDER ETWAS ÜBER FRAUEN. WENN ZWEI ÜBER KLEIDUNG, MODE UND FRISUREN REDEN, SPIELT DER EHEMANN DIE ZWEITE GEIGE.
480 4 21.46
ALS KATWIN HÖRT, DASS PARIS SCHNELL VERLASSEN WERDEN MUSS, FÜHRT SIE DIE GRUPPE ZUM HAFEN. AM KAI FINDET SICH EIN WIKINGER-SCHIFF. NACH EINIGEM HANDELN IST MAN SICH EINIG.
HAL FOSTER
ES GEHT SEINEABWÄRTS UND BALD IST DER STÜRMISCHE ÄRMELKANAL ERREICHT. IM NEBEL IN DER FERNE LEUCHTEN DIE WEISSEN KLIPPEN BRITANNIENS!
AMURATH
THAGNAR
LAUNCELOT
SIR GAWAIN
PRINCE VALIANT
KING ARTHUR
QUEEN GUINEVERE
WISE MERLIN
MORGAN LE FEY
RAMUD

Prinz Eisenherz
Harold R Foster
Es tut gut, wieder in das einzige Land Europa's zu kommen, wo noch Gerechtigkeit und ein Gesetz herrschen. Prinz Eisenherz legt seinen Arm um die schlanke Hüfte seiner Braut. Vor ihnen liegt das Reich König Arthur's!
„Ich besorge schnell Pferde..." setzt Eisenherz an, Katwin fällt ihm ins Wort. „Tun Sie was Sie müssen, Sir! Aber meine Herrin wird König Arthurs Hof nur gut vorbereitet betreten. Und das wird einige Tage dauern!"
Aleta ist begeistert. Hier, in dem neuen Land gibt es andere Moden, anderes Material in anderen Farben. Katwin ist sehr stolz auf ihre Herrin. Und Eisenherz? Er sitzt nur da und schaut Aleta mit strahlenden Augen an. Mittlerweile ist er dermassen in Aleta verliebt, dass er Aleta schon ein bisschen leid tut.
Dann bekommt er die Rechnung! „Bei allen Göttern!" stammelt er. „Muss ich weitere Städte plündern, um für die Kleidung meiner Frau zu sorgen?" Aber Katwin ist da und der Himmel stehe allen Händlern bei, die fixierte Rechnungen aufsetzen!
Sie reiten über die windigen Downs, Eisenherz in neuer Rüstung und sein Herz jubelt: „Endlich! Endlich kehre ich nach Camelot zurück, mit dem grössten Schatz, den ein Ritter je gewann!"
Strahlendes Gewölbe und glitzernde Türme; die Stadt und der wunderbare Palast liegen vor ihnen! Eisenherz' Augen verklären sich, er hat einen Kloss im Hals: die Geburtsstätte der Ritterlichkeit nimmt ihn immer wieder gefangen. Der Name Camelot wird weiter wie Glocken durch die Zeitalter klingen!
Hal Foster
481 4-28-46
Amurath
Thagnar
Launcelot
Sir Gawain
Prince Valiant
King Arthur
Queen Guinevere
Wise Merlin
Morgan Le Fey
Ramud

Prinz Eisenherz
HAROLD R FOSTER
NACHDEM ER DURCH DIE HALBE WELT GEZOGEN IST, KEHRT PRINZ EISENHERZ NACH CAMELOT ZURÜCK. ALS ER IN DEN GROSSEN SCHLOSSHOF REITET, BEGRÜSSEN VIELE RITTER, DEREN NAMEN IMMER NOCH BERÜHMT SIND, IHREN GLÜCKLICHEN KAMERADEN.
IHRE BEGRÜSSUNGSRUFE VERSTUMMEN UND IN DER STILLE STELLT EISENHERZ ALETA VOR. IHRE GRAUEN AUGEN STRAHLEN VOR VERGNÜGEN UND ERREGUNG.
„ES GIBT GRUND ZUR TRAUER." WEINT SIR DAGONET, DES KÖNIGS HOFNARR, „EIN UNGESTÜMER, GROSSER RECKE IST EIN GEWÖHNLICHER EHEMANN GEWORDEN. TROTZDEM KEIN GRUND ZUR TRAUER FÜR MICH! MEIN EINZIGER RIVALE ALS HOFNARR IST SICHER AN SCHÜRZENZIPFEL GEBUNDEN!"
ALETA WIRD VON DEN FRAUEN BEISEITE GEZOGEN. SIE KOMMT VON WEIT HER, HAT NEUIGKEITEN UND VOR ALLEM DIE LETZTE MODE AUS ROM UND PARIS!
VON EINEM HOHEN BALKON AUS BETRACHTET ALETA DAS VOR IHR LIEGENDE LAND. ALLES STRAHLT IN DEN FARBEN DES SPÄTSOMMERS. ALLES IST SO NEU, SO VERSCHIEDEN, SO AUFREGEND!
SIE VERLÄSST DAS SCHLOSS UND TANZT VOR LAUTER FREUDE DURCH DEN EICHENWALD.
482 5-5-46
EINE KÖNIGIN IST GEWOHNT, ZU TUN, WAS SIE WILL... DER GLITZERNDE, KLARE TEICH IST SEHR EINLADEND.
HAL FOSTER
KÖNIG ARTHUR KEHRT ALLEIN VON DER JAGD ZURÜCK. ER ENTDECKT EINEN GOLDENEN FLECK IM DÜSTEREN GRÜN DES WALDES. ER STEIGT VOM PFERD UND NÄHERT SICH MIT HÖFLICHEM UNSINN AUF DER ZUNGE.
AMURATH
THAGNAR
LAUNCELOT
SIR GAWAIN
PRINCE VALIANT
KING ARTHUR
QUEEN GUINEVERE
WISE MERLIN
MORGAN LE FEY
RAMUD

Prinz Eisenherz
HAROLD R FOSTER
ER RÜCKT DIE KAPPE ZURECHT, STREICHT SICH DEN BART GLATT UND GEHT ZUM TEICH.
ALETA IST AUF ALLES VORBEREITET, NUR AUF DAS NICHT. „WIE KÖNNT IHR ES WAGEN..." JAMMERT SIE, „GEH' WEG, DU GRINSENDER TÖLPEL!"
ALETA TAUCHT UND FINDET SCHUTZ IM SCHILF. DER KÖNIG FOLGT IHR AM UFER ENTLANG... DENN KÖNIGE HABEN NICHT GELERNT ZU GEHORCHEN.
SIE HABEN AUCH NICHT GELERNT, NASSEM SCHLAMM AUSZUWEICHEN. DIESER BESTIMMTE KÖNIG ZIEHT SICH VOM BOMBARDEMENT ZURÜCK UND ÜBERLÄSST DAS SCHLACHTFELD SEINEM ERBOSTEN OPPONENTEN.
„ICH HATTE EIN UNGLAUBLICHES ABENTEUER!" DONNERT DER KÖNIG. „IM NAHEGELEGENEN WALD TRAF ICH EINE NYMPHE. BEI MEINEM BART, BESCHMIERT MIT DEM SCHLAMM, DEN SIE NACH MIR WARF, SIE WAR DAS BEZAUBERNSTE WESEN, DAS MENSCHLICHE AUGEN JE ERBLICKT HABEN!"
„MÖGLICHERWEISE WAR SIE EINE WASSERGÖTTIN, DIE MERLIN HERBEIGEZAUBERT HAT..." SAGT DER KÖNIG GERADE ALS ALETA VORBEIKOMMT, SIE ERKENNT IHN.
WIE VERSTEINERT STEHEN DIE SCHOCKIERTEN RITTER DA. ES IST IHNEN NICHT MÖGLICH, ALETA ZU UNTERBRECHEN UND IHR ZU SAGEN, WER IHR OPFER IST. OBWOHL ER SCHON LANGE VERHEIRATET IST, HAT ER NIE EINE SOLCHE SCHELTE ERLEBT!
483 5-12-46
EISENHERZ ERSCHEINT, UM SEINEN KÖNIG ZU RETTEN. „HALT DICH DA RAUS!" SAGT ALETA, „ICH HABE DIESEM BESCHMUTZTEN KERL NOCH EINIGES ZU SAGEN!" „ICH FÜRCHTE ES IST UNSER KÖNIG, DEN DU BESCHMUTZT HAST, MEINE LIEBE," SORGT SICH DER PRINZ.
HAL FOSTER
EINEN MOMENT HERRSCHT STILLE. DER KÖNIG SAMMELT SICH, ABER BEVOR ER ETWAS SAGEN KANN, ERSCHEINT DIESES UNVERSCHÄMTE, ANSTECKENDE LÄCHELN AUF IHREM GESICHT. „ICH BIN SICHER, WIR WERDEN UNS GUT VERSTEHEN, MAJESTÄT. ICH HALTE ES AUCH NICHT FÜR NOTWENDIG, KÖNIGIN GUINEVERE VON EUREN IRRWEGEN ZU BERICHTEN."
AMURATH
THAGNAR
LAUNCELOT
SIR GAWAIN
PRINCE VALIANT
KING ARTHUR
QUEEN GUINEVERE
WISE MERLIN
MORGAN LE FEY
RAMUD

Prinz Eisenherz
HAROLD R FOSTER
SO ERLEIDET KÖNIG ARTHUR, MÄCHTIGER UND UNGESCHLAGENER HERRSCHER DES EINZIGEN CHRISTLICHEN KÖNIGREICHS EUROPAS, EINE NIEDERLAGE DURCH ALETA, KÖNIGIN DER NEBELINSELN.
ES WIRD ERZÄHLT, DASS DER KÖNIG, HERZLICH LACHEND, DAS SCHLACHTFELD RÄUMTE.
DANN WIRD ALETA KÖNIGIN GUINEVERE VORGESTELLT. DIE SCHÖNE, BLONDGELOCKTE SELTSAME FRAU, DIE JEDEN MANN DURCH IHRE AUSSTRAHLUNG BEEINDRUCKT, SCHAUT ALETA MIT IHREN GRÜNEN AUGEN AN. IN IHNEN IST KEINE FREUNDLICHKEIT.
DENN MIT ALETA KAM NEUER CHARME, NEUE GRAZIE UND DIE SELTSAMEN UMGANGSARTEN DES SÜDENS NACH CAMELOT. IMMER WIEDER WIRD ALETA GEBETEN, LIEDER IHRER HEIMAT ZU SINGEN. DIE KÖNIGIN IST EIFERSÜCHTIG UND DIE EIFERSUCHT EINER KÖNIGIN IST GEFÜRCHTET.
ALETA HÄTTE SICH GEFREUT, MIT AUF DIE JAGD ZU REITEN. DIE HERREN SITZEN GEMÜTLICH, ABER VON DEN DAMEN ERWARTET MAN, DASS SIE SEITWÄRTS SITZEN ODER BEI IHREN MÄNNERN.
SIE BESTELLT EINEN MÄNNERSATTEL UND ENTWIRFT EIN REITKOSTÜM: ARABER-STIEFEL, HOSEN AUS TUNIS UND EINEN RÖMISCHEN UMHANG.
NUN MACHT IHR DAS REITEN SPASS. EINIGE DAMEN SIND ZWAR SCHOCKIERT, ANDERE AMÜSIERT, ABER ALLE BENEIDEN SIE. FRÖHLICH REITET SIE DURCH DIE LANDSCHAFT.
BALD WIRD SIE IHRE REITKÜNSTE BENÖTIGEN. DER KÖNIG RUFT DIE RITTER DER TAFELRUNDE: „DIE SACHSEN HABEN AN DER OSTKÜSTE FUSS GEFASST!"
(ES WURDE EAST SAXONY GENANNT, UND JETZT HEISST ES ESSEX.)
484 5-19-46
„EISENHERZ, DU HAST DEINE KINDHEIT DORT VERBRACHT UND KENNST DAS LAND GUT. NIMM DIR EINIGE MÄNNER UND BESORGE INFORMATIONEN FÜR DEN KRIEGSRAT."
HAL FOSTER
DER PRINZ GEHT AUF EINE GEFÄHRLICHE REISE. SEINE BRAUT, MIT BLEICHEM GESICHT ABER FRÖHLICH, HILFT IHM DIE SATTELTASCHEN PACKEN.
AMURATH
THAGNAR
LAUNCELOT
SIR GAWAIN
PRINCE VALIANT
KING ARTHUR
QUEEN GUINEVERE
WISE MERLIN
MORGAN LE FEY
RAMUD

Prinz Eisenherz
HAROLD R FOSTER
OBWOHL EISENHERZ DIE GEFAHREN DES AUFTRAGS KENNT, WÄHLT ER ZEHN JUNGE UNERPROBTE KRIEGER AUS. DENN WAS DIESE BURSCHEN AN ERFAHRUNG VERMISSEN LASSEN, GLEICHEN SIE DURCH DEN WUNSCH, RITTER ZU WERDEN, WIEDER AUS.
ZEHN KRIEGER? HABEN WIR UNS VERZÄHLT? NOCH EINER FOLGT IN VOLLER AUSRÜSTUNG!
ES GIBT ÄRGER IN CAMELOT. EIN SCHURKE HAT SIR BARINS NEUEN HELM UND SCHWERT KURZ VOR SEINEM DUELL MIT SIR FERGUS VON CORNWALL GESTOHLEN! SIR GAWAIN SUCHT SEINEN GRÜNEN UMHANG UND KATWIN SUCHT VERZWEIFELT NACH ALETA!
UNTER JUNGEN RITTERN IST ES ÜBLICH, AN STRASSENKREUZUNGEN ODER BRÜCKEN TRIBUT ZU FORDERN ODER SICH EINEM KAMPF ZU STELLEN. SOLCH EINEM BEGEGNEN SIE.
„WIR SIND IN DES KÖNIGS AUFTRAG UNTERWEGS UND HABEN KEINE ZEIT ZUM VERGNÜGEN," SAGT EISENHERZ. „MIT MIR ZU KÄMPFEN IST KEIN VERGNÜGEN," ERWIDERT DER RITTER. DER PRINZ IGNORIERT IHN UND REITET WEITER.
DER RITTER IST WÜTEND. ALS DER LETZTE AN IHM VORBEIREITENDE RITTER SCHEINBAR AUS VERSEHEN MIT DER LANZE SEINEN HELM TRIFFT UND AUCH NOCH SAGT: „KÜMMERE DICH UM DEINE ANGELEGENHEITEN!" VERLIERT ER DIE NERVEN...
485 5-26-46
HAL FOSTER
... UND HOLT ZU EINEM MÖRDERISCHEN SCHLAG AUS.
AMURATH
THAGNAR
LAUNCELOT
SIR GAWAIN
PRINCE VALIANT
KING ARTHUR
QUEEN GUINEVERE
WISE MERLIN
MORGAN LE FEY
RAMUD

Prinz Eisenherz
HAROLD R FOSTER
DER SCHLAG VERFEHLT SEIN ZIEL, DENN GERADE ...
... BÜCKT SICH DAS PFERD DES KLEINEN RITTERS!
„WIE KANNST DU ES WAGEN, DU HÄSSLICHER KERL!" RUFT DER ZU KURZ GERATENE UND TUT EINEN ÜBUNGSSCHLAG. BEIM ZURÜCKZIEHEN DER LANZE ...
... VERLIERT ER DAS GLEICHGEWICHT UND FÄLLT, AUF FÜR EINEN RITTER SELTSAME WEISE, AUS DEM SATTEL.
EISENHERZ GALLOPIERT HERAN: „ICH SAGTE DIR DOCH, DASS WIR EINEN AUFTRAG DES KÖNIGS AUSFÜHREN. DEIN EINGRIFF BEDEUTET TOD. ZIEH!"
DER KLEINE RITTER HAT NICHTS MEHR VON RITTERLICHEM BENEHMEN AN SICH.
ES KRACHT UND ALS EISENHERZ HINTER SEINEM SCHILD HERVORSCHAUT, SIEHT ER, DASS DER KAMPF VORBEI IST.
MITTLERWEILE HAT DER PRINZ SCHON EINE IDEE VON DER IDENTITÄT DES KLEINEN RITTERS. ALS EINE GOLDENE LOCKE UNTER DEM HELM HERVORSCHAUT, FÜHLT ER EINEN BEKANNTEN STICH IM HERZEN.
„SIR, IHRE UNORTHODOXEN METHODEN HABEN DIE RITTERSCHAFT FÜNFZIG JAHRE ZURÜCKGEWORFEN!" TUT EISENHERZ KUND. „HIERMIT GEBE ICH EUCH DEN NAMEN 'SIR WINZIG'. STEIGT AUF, WIR WOLLEN WEITER!"
486 6-2-46
HAL FOSTER
SCHWEIGEND REITEN SIE WEITER. ABER ES FÄLLT AUF, DASS EISENHERZ SICH VON NUN AN IN DER NÄHE SIR WINZIG'S AUFHÄLT.
AMURATH
THAGNAR
LAUNCELOT
SIR GAWAIN
PRINCE VALIANT
KING ARTHUR
QUEEN GUINEVERE
WISE MERLIN
MORGAN LE FEY
RAMUD

Prinz Eisenherz
UND DIE GOLDENE PRINZESSIN
OHNE WEITERE ZWISCHENFÄLLE NÄHERN SIE SICH DER GRENZE ESSEX'.
AN DER GRENZE HÖREN SIE GERÜCHTE VON SACHSENÜBERFÄLLEN. WAHRSCHEINLICH WERDEN SIE MORGEN SCHON IN AKTION TRETEN MÜSSEN.
NEBEN EINEM FLUSS WIRD DAS LAGER AUFGESCHLAGEN, SODASS DIE MÄNNER DIE MÖGLICHKEIT ZU EINEM BAD HABEN. SIR WINZIG BIETET SICH AN, WACHE ZU HALTEN.
BALD IST DER BACH VOLL VON LACHENDEN, PLANTSCHENDEN MÄNNERN. AM LAUTESTEN LACHT EISENHERZ. ER FINDET DEN BESCHEIDENEN RITTER WINZIG, DER IHNEN DEN RÜCKEN GEWANDT HAT, SEHR AMÜSANT!
„NUN SIND SIE AN DER REIHE, SIR WINZIG!" DER KLEINE KERL ANTWORTET RASCH: „ICH BLEIBE LIEBER SCHMUTZIG!"
SIR WINZIG GEHT STATT EINES BADES IN DEN WALD, NIMMT DEN HELM AB UND KRATZT SICH DEN JUCKENDEN KOPF, DENN DER HELM ENTHIELT UNGEBETENE GÄSTE!
487 6-9-46
AM MORGEN GEHT ES SIR WINZIG NICHT GUT, DENN UM NICHT ERKANNT ZU WERDEN, MUSSTE ER DEN HELM DIE NACHT ÜBER AUFBEHALTEN. ER WIRD MIT DER LAGERWACHE BEAUFTRAGT.
HAL FOSTER
DIE KRIEGER WERDEN IN KLEINE GRUPPEN AUFGETEILT UND IN SACHSEN-LAND GESCHICKT. SIR WINZIG BEWAFFNET SICH UND FOLGT EISENHERZ.
AMURATH
THAGNAR
LAUNCELOT
SIR GAWAIN
PRINCE VALIANT
KING ARTHUR
QUEEN GUINEVERE
WISE MERLIN
MORGAN LE FEY
RAMUD